Adalb

# Abdias

Adalbert Stifter: Abdias

Berliner Ausgabe, 2015
Vollständiger, durchgesehener Neusatz mit einer Biographie des Autors
bearbeitet und eingerichtet von Michael Holzinger

Entstanden 1842, Erstdruck in: Österreichischer Novellenalmanach
(Wien), 1. Jg., 1843.

Textgrundlage ist die Ausgabe:
Adelbert Stifter: Gesammelte Werke in sechs Bänden, [herausgegeben
von Max Stefl,] Band 2, 6.–10. Tausend der Gesamtausgabe, Wiesbaden:
Insel, 1959.

Herausgeber der Reihe: Michael Holzinger
Reihengestaltung: Viktor Harvion
Umschlaggestaltung unter Verwendung des Bildes:
Adalbert Stifter (Gemälde von Josef Grandauer, 1862)

Gesetzt aus Minion Pro, 10 pt

ISBN 978-1482752014

# 1. Esther

Es gibt Menschen, auf welche eine solche Reihe Ungemach aus heiterm Himmel fällt, daß sie endlich da stehen und das hagelnde Gewitter über sich ergehen lassen: so wie es auch andere gibt, die das Glück mit solchem ausgesuchten Eigensinne heimsucht, daß es scheint, als kehrten sich in einem gegebenen Falle die Naturgesetze um, damit es nur zu ihrem Heile ausschlage.

Auf diesem Wege sind die Alten zu dem Begriffe des Fatums gekommen, wir zu dem milderen des Schicksals.

Aber es liegt auch wirklich etwas Schauderndes in der gelassenen Unschuld, womit die Naturgesetze wirken, daß uns ist, als lange ein unsichtbarer Arm aus der Wolke und tue vor unsern Augen das Unbegreifliche. Denn heute kömmt mit derselben holden Miene Segen, und morgen geschieht das Entsetzliche. Und ist beides aus, dann ist in der Natur die Unbefangenheit, wie früher.

Dort, zum Beispiele, wallt ein Strom in schönem Silberspiegel, es fällt ein Knabe hinein, das Wasser kräuselt sich lieblich um seine Locken, er versinkt – und wieder nach einem Weilchen wallt der Silberspiegel, wie vorher. – – Dort reitet der Beduine zwischen der dunklen Wolke seines Himmels und dem gelben Sande seiner Wüste: da springt ein leichter, glänzender Funke auf sein Haupt, er fühlt durch seine Nerven ein unbekanntes Rieseln, hört noch trunken den Wolkendonner in seine Ohren, und dann auf ewig nichts mehr.

Dieses war den Alten Fatum, furchtbar letzter, starrer Grund des Geschehenden, über den man nicht hinaus sieht, und jenseits dessen auch nichts mehr ist, so daß ihm selber die Götter unterworfen sind: uns ist es Schicksal, also ein von einer höhern Macht Gesendetes, das wir empfangen sollen. Der Starke unterwirft sich auch ergeben, der Schwache stürmt mit Klagen darwider, und der Gemeine staunt dumpf, wenn das Ungeheure geschieht, oder er wird wahnwitzig und begeht Frevel.

Aber eigentlich mag es weder ein Fatum geben, als letzte Unvernunft des Seins, noch auch wird das einzelne auf uns gesendet; sondern eine heitre Blumenkette hängt durch die Unendlichkeit des Alls und sendet ihren Schimmer in die Herzen – die Kette der Ursachen und Wirkungen – und in das Haupt des Menschen ward die schönste dieser Blumen geworfen, die Vernunft, das Auge der Seele, die Kette daran anzuknüpfen und an ihr Blume um Blume, Glied um Glied hinab zu zählen bis zuletzt zu jener Hand, in der das Ende ruht. Und haben wir dereinstens recht gezählt, und können wir die Zählung überschauen: dann wird für uns kein Zufall mehr erscheinen, sondern Folgen, kein Unglück mehr, sondern nur Verschulden; denn die Lücken, die jetzt sind, erzeugen das Unerwartete, und der Mißbrauch das Unglückselige. Wohl zählt nun das menschliche Geschlecht schon aus einem Jahrtausende in das andere, aber von der großen Kette der Blumen sind nur erst einzelne Blätter aufgedeckt, noch fließt das Geschehen wie ein heiliges Rätsel an uns vorbei, noch zieht der Schmerz im Menschenherzen aus und ein – – ob er aber nicht zuletzt selber eine Blume in jener Kette ist? wer kann das ergründen? Wenn dann einer sagt, warum denn die Kette so groß ist, daß wir in Jahrtausenden erst einige Blätter aufgedeckt haben, die da duften, so antworten wir: So unermeßlich ist der Vorrat darum, damit ein jedes der kommenden Geschlechter etwas finden könne, – das kleine Aufgefundne ist schon ein großer, herrlicher Reichtum, und immer größer, immer herrlicher wird der Reichtum, je mehr da kommen, welche leben und enthüllen, und was noch erst die Woge aller Zukunft birgt, davon können wir wohl kaum das Tausendstel des Tausendstels ahnen. – – Wir wollen nicht weiter grübeln, wie es sei in diesen Dingen, sondern schlechthin von einem Manne erzählen, an dem sich manches davon darstellte, und von dem es ungewiß ist, ob sein Schicksal ein seltsameres Ding sei, oder sein Herz. Auf jeden Fall wird man durch Lebenswege wie der seine zur Frage angeregt: ›Warum nun dieses?‹ und man wird in ein düsteres Grübeln hinein gelockt über Vorsicht, Schicksal und letzten Grund aller Dinge.

Es ist der Jude Abdias, Von dem ich erzählen will.

Wer vielleicht von ihm gehört hat, oder wer etwa gar noch die neunzigjährige gebückte Gestalt einst vor dem weißen Häuschen hat sitzen gesehen, sende ihm kein bitteres Gefühl nach – weder Fluch noch Segen, er hat beides in seinem Leben reichlich geerntet – sondern er halte sich in diesen Zeilen noch einmal sein Bild vor die Augen. Und auch derjenige, der nie etwas von diesem Manne gehört hat, folge uns, wenn es ihm gefällt, bis zu Ende, da wir sein Wesen einfach aufzustellen versucht haben, und dann urteile er über den Juden Abdias, wie es ihm sein Herz nur immer eingibt.

Tief in den Wüsten innerhalb des Atlasses steht eine alte, aus der Geschichte verlorene Römerstadt. Sie ist nach und nach zusammengefallen, hat seit Jahrhunderten keinen Namen mehr, wie lange sie schon keine Bewohner hat, weiß man nicht mehr, der Europäer zeichnete sie bis auf die neueste Zeit nicht auf seine Karten, weil er von ihr nichts ahnete, und der Berber, wenn er auf seinem schnellen Rosse vorüber jagte und das hängende Gemäuer stehen sah, dachte entweder gar nicht an dasselbe und an dessen Zweck, oder er fertigte die Unheimlichkeit seines Gemütes mit ein paar abergläubischen Gedanken ab, bis das letzte Mauerstück aus seinem Gesichte, und der letzte Ton der Schakale, die darin hausen, aus seinem Ohre entschwunden war. Dann ritt er fröhlich weiter, und es umgab ihn nichts, als das einsame, bekannte, schöne, lieb gewordene Bild der Wüste. Dennoch lebten außer den Schakalen, der ganzen übrigen Welt unbekannt, auch noch andere Bewohner in den Ruinen. Es waren Kinder jenes Geschlechtes, welches das ausschließendste der Welt, starr bloß auf einen einzigsten Punkt derselben hinweisend, doch in alle Länder der Menschen zerstreut ist und von dem großen Meere gleichsam auch einige Tropfen in diese Abgelegenheit hinein verspritzt hatte. Düstre, schwarze, schmutzige Juden gingen wie Schatten in den Trümmern herum, gingen drinnen aus und ein, und wohnten drinnen mit dem Schakal, den sie manchmal fütterten. Es wußte niemand von ihnen, außer die anderen Glaubensbrüder, die draußen wohnten. Sie handelten mit Gold und Silber und mit andern Dingen von dem Lande Egypten herüber, auch mit verpesteten Lappen und Wollenzeugen, davon sie sich wohl selber zuweilen die Pest brachten und daran verschmachteten aber der Sohn nahm dann mit Ergebung und Geduld den Stab seines Vaters, und wanderte und tat, wie dieser getan, harrend, was das Schicksal über ihn verhängen möge. Ward einmal einer von einem Kabylen erschlagen und beraubt, so heulte der ganze Stamm, der in dem wüsten, weiten Lande zerstreut war – und dann war es vorüber und vergessen, bis man etwa nach langer Zeit auch den Kabylen irgendwo erschlagen fand.

So war dies Volk, und von ihm stammte Abdias her.

Durch einen römischen Triumphbogen hindurch an zwei Stämmen verdorrter Palmen vorbei gelangte man zu einem Mauerklumpen, dessen Zweck nicht mehr zu erkennen war – jetzt war es die Wohnung Arons, des Vaters des Abdias. Oben gingen Trümmer einer Wasserleitung darüber, unten lagen Stücke, die man gar nicht mehr erkannte, und man mußte sie übersteigen, um zu dem Loche in der Mauer zu gelangen, durch welches man in die Wohnung Arons hinein konnte. Innerhalb des ausgebrochenen Loches führten Stufen hinab, die Simse einer dorischen Ordnung waren und in unbekannter Zeit aus unbekanntem zerstörenden Zufalle hierher gefunden hatten. Sie führten zu einer weitläufigen Wohnung hinunter, wie man sie unter dem Mauerklumpen und dem Schutte von außen nicht vermutet hätte. Es war eine Stube mit mehreren jener kleinen Gemächer umgeben, wie sie die Römer geliebt hatten, auf dem Boden aber war kein Estrich, oder Getäfel, oder Pflaster, oder Mosaik, sondern die nackte Erde, an den Wänden waren keine Gemälde oder Verzierungen, sondern die römischen Backsteine sahen heraus, und überall waren die vielen Päcke und Ballen und Krämereien verbreitet, daß man sah, mit welchen schlechten und mannigfaltigen Dingen der Jude Aron Handel trieb. Vorzüglich aber waren es Kleider und gerissene Lappen, die herab hingen, und die alle Farben und alle Alter hatten und den Staub fast aller Länder von Afrika in sich trugen. Zum Sitzen und Lehnen waren Haufen alter Stoffe. Der Tisch und die andern Geräte waren Steine, die man aus der alten Stadt zusammen getragen hatte. Hinter einem herabhängenden Busche von gelben und grauen Kaftanen war ein Loch in der Mauer, welches viel kleiner war als das, welches die Stelle der Tür vertrat, und aus dem Finsternis heraus sah, wie aus einer Grube im Schutte. Man meinte nicht, daß man da hinein gehen könne. Wenn man sich aber gleichwohl bückte und hindurch kroch, und wenn man den krummen Gang zurück gelegt hatte, der da folgte, so kam man wieder in ein Zimmer, um das mehrere andere waren. Auf dem Fußboden lag ein Teppich aus Persien, und in den andern waren ähnliche oder gleiche, an den Wänden und in Nischen waren Polster, darüber Vorhänge, und daneben Tische von feinem Steine und Schalen und ein Bad. Hier saß Esther, Arons Weib. Ihr Leib ruhete auf dem Seidengewebe von Damaskus, und ihre Wange und ihre Schultern wurden geschmeichelt von dem weichsten und glühendsten aller Zeuge, dem gewebten Märchen aus Kaschemir, so wie es auch die Sultana in Stambul hat. Um sie waren ein paar Zofen, die schöne Tücher um die klugen, schönen Stirnen hatten und Perlen auf dem Busen trugen. Hieher trug Aron alles zusammen, was gut und den armen Sterblichen schmeichelnd und wohltätig erscheint. Der Schmuck war auf den Tischen herum gelegt und auf den Wänden zerstreut. Das Licht sandten von oben herab mit Myrten verrankte Fenster, die manchmal der gelbe Wüstensand verschüttete, – aber wenn es Abend wurde und die Lampen brannten, dann glitzerte alles und funkelte und war hell und strahlenreich. Das größte Kleinod Arons außer dem Weibe Esther war ihr Sohn, ein Knabe, der auf dem Teppiche spielte, ein Knabe mit schwarzen, rollenden Augenkugeln und mit der ganzen morgenländischen Schönheit seines Stammes ausgerüstet. Dieser Knabe war Abdias, der Jude, von dem ich erzählen wollte, jetzt eine weiche Blume, aus Esthers Busen hervorgeblüht. Aron war der reichste in der alten Römerstadt. Dies wußten die andern, die noch mit ihm da wohnten, sehr gut, da sie oft Genossen seiner Freuden waren, so wie er von ihnen auch alles wußte; aber nie ist ein Beispiel erhört worden, daß es der vorüber jagende Beduine erfuhr, oder der träge Bei im Harem: sondern über der toten Stadt hing schweigend das düstere Geheimnis, als würde nie ein anderer Ton in ihr gehört, als das Wehen des Windes, der sie mit Sand füllte, oder der kurze, heiße Schrei des Raubtieres, wenn die glühende Mondesscheibe ober ihr stand und auf sie nieder schien. Die Juden handelten unter den Stämmen herum, man ließ sie und fragte nicht viel um ihren Wohnort – und wenn einer ihrer andern Mitbewohner, ein Schakal, hinaus kam, so ward er erschlagen und in einen Graben geworfen. Auf seine zwei höchsten Güter häufte Aron alles, wovon er meinte, daß es ihnen gut sein könnte. – Und wenn er draußen gewesen war, wenn er geschlagen und von Wohnort zu Wohnort gestoßen worden war, und wenn er nun heim kam und genoß, was die alten Könige des Volkes, vornehmlich jener Salomo, als die Freude des Lebens hielten, so empfand er eine recht schauerliche Wollust. Und wenn ihm auch zuweilen war, als gäbe es noch andere Seligkeiten, die im Herzen sind, so meinte er, es sei ein Schmerz, den man fliehen müsse, und er floh ihn auch, nur daß er dachte, er wolle den Knaben Abdias eines Tages auf ein Kamel setzen und ihn nach

Kahira zu einem Arzte bringen, daß er weise würde, wie es die alten Propheten und Führer seines Geschlechtes gewesen. Aber auch aus dem ist wieder nichts geworden, weil es in Vergessenheit geraten war. Der Knabe hatte also gar nichts, als daß er oft oben auf dem Schutte stand und den weiten, ungeheuren Himmel, den er sah, für den Mantelsaum Jehovas hielt, der einstens sogar auf der Welt gewesen war, um sie zu erschaffen und sich ein Volk zu wählen, mit dem er aß, und mit dem er umging zur Freude seines Herzens. Aber Esther rief ihn wieder hinab, und legte ihm ein braunes Kleidchen an, dann ein gelbes, und wieder ein braunes. Sie legte ihm auch einen Schmuck an, und ließ die Schönheit der Perle um seine dunkle feine Haut dämmern, oder das Feuer des Demanten daneben funkeln – sie legte ein Band um seine Stirne, streichelte seine Haare, oder rieb die Gliedlein und das Angesicht mit weichen, feinen, wollenen Lappen – öfters kleideten sie ihn als Mädchen an, oder die Mutter salbte seine Augenbraunen, daß sie recht feine schwarze Linien über den glänzenden Augen waren, und hielt ihm den silbernen gefaßten Spiegel vor, daß er sich sähe.

Nachdem die Jahre, eines nach dem andern, vergangen waren, führte ihn der Vater Aron eines Tages hinaus in die vordere Stube, legte ihm einen zerrissenen Kaftan an und sagte: »Sohn, Abdias, gehe nun in die Welt, und da der Mensch auf der Welt nichts hat, als was er sich erwirbt, und was er sich in jedem Augenblicke wieder erwerben kann, und da uns nichts sicher macht als diese Fähigkeit des Erwerbens: so gehe hin und lerne es. Hier gebe ich dir ein Kamel und eine Goldmünze, und bis du nicht selber so viel erworben hast, davon ein einzelner Mensch sein Leben hinbringen kann, gebe ich dir nichts mehr, und wenn du ein untauglicher Mann wirst, so gebe ich dir auch nach meinem Tode nichts. Wenn du es tun willst und nicht zu weit entfernt bist, so kannst du mich und deine Mutter in Zeiten besuchen – und wenn du so viel hast, davon ein Mensch leben kann, so komme zurück, ich gebe dir dazu, daß ein zweiter und mehrere andere auch zu leben vermögen, du kannst ein Weib bringen, und wir suchen euch in unserer Höhle noch einen Raum zu machen, darinnen zu wohnen und zu genießen, was euch Jehova sendet. Jetzt, Sohn Abdias, sei gesegnet, gehe hin und verrate nichts von dem Neste, in dem du aufgeätzt worden bist.«

So hatte Aron gesprochen und den Sohn hinaus geführt zu den Palmen, wo das Kamel lag. Dann segnete er ihn und tastete mit seinen Händen auf dem lockigen Scheitel seines Hauptes. Esther lag drinnen auf dem Teppiche, schluchzte und schlug mit den Händen den Boden. Abdias aber, da nun der Segen vorüber war, setzte sich auf das vor ihm liegende Kamel, das sich, sobald es seine Last spürte, aufrichtete und den Jüngling in die Höhe hob, und wie dieser das Fächeln der fremden, wie aus der Ferne kommenden Luft empfand, so sah er noch einmal den Vater an, und ritt dann gehorsam von dannen.

Von nun an ertrug Abdias das Peitschen des Regens und Hagels in seinem Angesichte – er zog Land aus, Land ein, über Wasser und Ströme, aus einer Zeit in die andere – er kannte keine Sprache, und lernte sie alle, er hatte kein Geld, und erwarb sich dasselbe, um es in Klüften, die er wieder fand, zu verstecken, er hatte keine Wissenschaft, und konnte nichts, als, wenn er auf seinem hagern Kamele saß, die feurigen Augen in die große, ungeheure Leere um sich richten und sinnen, er lebte sehr dürftig, daß er oft nichts anders hatte als eine Hand voll trockner Datteln, und doch war er so schön, wie einer jener himmlischen Boten gewesen ist, die einstens so oft in seinem Volke erschienen sind. So hat auch einmal jener Mohammed, wenn er Tage lang, Wochen lang allein war bloß mit seinem Tiere in dem weiten Sande, die Gedanken gesonnen, die dann eine Flamme wurden und über den Erdkreis fegten. Sonst war Abdias ein Ding, das der blödeste Türke mit dem Fuße stoßen zu dürfen glaubte, und stieß. Er war hart und unerbittlich, wo es seinen Vorteil galt, er war hämisch gegen die Moslims und Christen – und wenn er des Nachts sich mitten in der Karawane auf den gelben Sand streckte, so legte er recht sanft sein Haupt auf den Hals seines Kameles, und wenn er im Schlummer und Traume sein Schnaufen hörte, so war es ihm gut und freundlich, und wenn es irgend wo wund gedrückt wurde, versagte er sich das liebliche Wasser, wusch damit die kranke Stelle und bestrich sie mit Balsam.

Über die Stätte war er gewandelt, wo die alte Handelskönigin Carthago gestanden war, den Nil hatte er gesehen, über den Euphrat und Tigris war er gegangen, aus dem Ganges hatte er getrunken – er hatte gedarbt und gewuchert, zusammen gerafft und gehütet – er hatte seine Eltern nicht ein einziges Mal besucht, weil er immer so weit weg gewesen war – – und nachdem fünfzehn Jahre vergangen waren, kam er wieder zum ersten Male in die verschollene Römerstadt. Er kam in der Nacht, er kam zu Fuße, weil man ihm sein Kamel geraubt hatte, er war in ganz zerrissene Kleider gehüllt, und trug Stücke eines Pferdeaases in der Hand, um davon den Schakalen zuzuwerfen, daß er sie von seinem Leibe hielte. Auf diese Weise gelangte er zu dem römischen Triumphbogen und zu den zwei alten Palmenstämmen, die noch immer da standen und in der Nacht schwarze Linien in den Himmel zogen. Er pochte an die aus Rohr geflochtene Tür, die dreifach vor dem Mauerloche war, das den Eingang bildete, er rief und nannte seinen Namen und den seines Vaters – und er mußte lange warten, bis ihn jemand hörte und den alten Juden weckte. Es standen alle in dem Hause auf, als sie hörten, wer gekommen sei, und Aron, als er durch die Tür mit ihm zuerst geredet hatte, öffnete dieselbe und ließ ihn ein. Abdias bat den Vater, daß er ihn in den Keller führe, und als er dort die Rohrtüre hinter sich verschlossen hatte, zählte er ihm goldene

Münzen aller Länder auf, die er sich erworben hatte, eine große Summe, die man kaum erwarten konnte. Aron sah ihm schweigend zu, bis er fertig war, dann schob er die Goldstücke auf dem Steine zusammen und tat sie wieder handvollweise in den ledernen Sack, in dem sie Abdias gebracht hatte, und legte den Sack seitwärts in ein Loch, das zwischen Marmorfriesen war. – – Dann, als bräche die Rinde plötzlich entzwei, oder als hätte er mit der Vaterfreude warten müssen, bis erst das Geschäft aus war, stürzte er gegen den Sohn, umarmte ihn, drückte ihn an sich, heulte, segnete, murmelte, betastete ihn und benetzte sein Angesicht mit Tränen.

Abdias aber ging, da dies vorüber war, wieder in die Vorstube hinauf, warf sich auf einen Haufen Matten, die da lagen, und ließ den Quell seiner Augen rinnen – er rann so milde und süß; denn sein Leib war ermüdet bis zum Tode.

Der Vater aber ließ ihn von seinen Lumpen entkleiden, man legte seinen Körper in ein linderndes, reinigendes Bad, rieb dann die Glieder mit köstlichen und heilsamen Salben und kleidete ihn in ein Feierkleid. Dann wurde er in die inneren Zimmer gebracht, wo Esther auf den Polstern saß und geduldig wartete, bis ihn der Vater herein führen würde. Sie stand auf, da der Angekommene unter dem Vorhange des Zimmers herein ging – aber es war nicht mehr der süße, weiche, schöne Knabe, den sie einst so geliebt hatte, und dessen Wangen das so sanfte Kissen für ihre Lippen gewesen waren; sondern er war sehr dunkel geworden, das Antlitz härter und höher und die Augen viel feuriger –; aber auch er sah die Mutter an – sie war nicht minder eine andere geworden, und das unheimliche Spiel der Jahre zeigte sich in ihrem Angesichte. Sie nahm ihn, da er bis an ihre Seite vorwärts gekommen war, an ihr Herz, zog ihn gegen sich auf die Kissen und drückte ihren Mund auf seine Wangen, seine Stirne, seinen Scheitel, auf seine Augen und auf seine Ohren.

Der alte Aron stand seitwärts mit gebücktem Haupte, und die Zofen saßen in dem Gemache daneben hinter gelbseidenen Vorhängen und flüsterten.

Die andern aber, die noch zu dem Hause gehörten, gingen draußen an ein anderes Geschäft, das ihnen anbefohlen worden war. Obgleich die Nacht von ihrer Mitte bereits gegen Morgen neigte und die bekannten Bilder der Sterne, die am Abende von Egypten herüber gekommen waren, schon jenseits der Häupter standen und gegen die Wüste hinab zogen, mußte noch die Ankunft nach der Sitte gefeiert werden. Man schlachtete bei Kerzenscheine ein Lamm, briet es in der Küche und setzte es auf den Tisch. Sie gingen alle hinzu, aßen alle davon, und man gab auch dem Gesinde zu essen. Hierauf begaben sie sich zur Ruhe und schlummerten lange bis an den andern Tag, da die Wüstensonne schon auf die Trümmer niederschien, wie ein großer, runder Diamant, der täglich ganz allein am leeren Himmel funkelte.

Von da an waren Freudenfeste durch drei Tage. Es wurden die Nachbarn herbeigerufen, das Kamel, der Esel und der Hund des Hauses waren nicht vergessen, und für die Tiere der Wüste wurde ein Teil in die entfernten Gegenden der Trümmer hinaus gelegt; denn es reichten die Mauerstücke weit in der Ebene fort, und was die Menschen von ihnen übergelassen hatten, dazu kamen die Tiere, um Schutz zu suchen.

Als die Feste vorüber gegangen waren, und noch eine Zeit verflossen war, nahm Abdias aufs neue Abschied von den Eltern; denn er reisete nach Balbek, um die schönäugige Deborah zu holen, die er dort gesehen, die er sich gemerkt hatte, und die mit all den Ihrigen zu seinem Stamme gehörte. Er reisete als Bettler, und kam nach zwei Monaten dort an. Zurück ging er als bewaffneter Türke mitten in einer großen Karawane, denn das Gut, das er mit sich führte, konnte er nicht in Klüften verstecken, und konnte es, wenn es verloren ginge, nicht wieder erwerben. Damals war in allen Karawansereis die Rede von der Schönheit des reisenden Moslim und der noch größern seiner Sklavin; – aber die Rede, wie ein glänzender Strom gegen die Wüste, verlor sich allgemach, und nach einer Zeit dachte keiner mehr daran, wo die beiden hingekommen wären, und es redete keiner mehr davon. Sie aber waren in der Wohnung des alten Arons, es wurden in den Gewölben unter dem Schutte Zimmer gerichtet, die Vorhänge gezogen und die Polster und Teppiche für Deborah gelegt.

Aron teilte mit dem Sohne sein Gut, wie er es versprochen hatte, und Abdias ging nun in die Länder hinaus, um Handel zu treiben.

Wie er einst gehorsam gewesen war, so trug er jetzt aus allen Orten zusammen, was nach seiner Meinung den Sinnen der Eltern wohl tun könnte, er demütigte sich vor den eigensinnigen Grillen des Vaters und litt das vernunftlose Scheltwort der Mutter. – Als Aron alt und blöde geworden war, ging Abdias in schönen Kleidern, mit schimmernden und gut bereiteten Waffen, und er machte mit seinen Kaufgenossen draußen Einrichtungen, wie es die großen Handelsleute in Europa tun. Da die Eltern unmündige Kinder geworden waren, starben sie eines nach dem andern, und Abdias begrub sie unter den Steinen, die neben einem alten Römerknaufe lagen.

Von jetzt an war er allein in den Gewölben, die unter dem hochgetürmten Schutte neben dem Triumphbogen und den zwei Stämmen der verdorrten Palmen sind.

Nun reisete er immer weiter und weiter, Deborah saß mit ihren Mägden zu Hause und harrte seiner, er wurde draußen bekannter unter den Leuten, und zog die schimmernde Straße des Reichtums immer näher gegen die Wüste.

## 2. Deborah

Als nach dem Tode Arons und Esthers einige Jahre vergangen waren, bereitete es sich allgemach vor, daß es nun anders werden sollte in dem Hause neben den Palmen.

Das Glück und der Reichtum häuften sich immer mehr.

Abdias war eifrig in seinem Werke, dehnte es immer weiter aus und tat den Tieren, den Sklaven und den Nachbarn Gutes. Aber sie haßten ihn dafür. Das Weib seines Herzens, welches er sich gewählt hatte, überschüttete er mit Gütern der Welt und brachte ihr, obwohl sie unfruchtbar war, aus den Ländern die verschiedensten Dinge nach Hause. Da er aber einmal in Odessa krank geworden war und die böse Seuche der Pocken geerbt hatte, die ihn ungestaltet und häßlich machten, verabscheute ihn Deborah, als er heim kam, und wandte sich auf immer von ihm ab; denn nur die Stimme, die sie gekannt hatte, hatte er nach Hause gebracht, nicht aber die Gestalt, – und wenn sie auch oft auf den gewohnten Klang plötzlich hin sah – so kehrte sie sich doch stets wieder um und ging aus dem Hause; sie hatte nur leibliche Augen empfangen, um die Schönheit des Körpers zu sehen, nicht geistige, die des Herzens. Abdias hatte das einst nicht gewußt; denn als er sie in Balbek erblickte, sah er auch nichts als ihre große Schönheit, und da er fort war, trug er nichts mit als die Erinnerung dieser Schönheit. Darum war für Deborah jetzt alles dahin. – Er aber, da er sah, wie es geworden war, ging in seine einsame Kammer und schrieb dort den Scheidebrief, damit er fertig sei, wenn sie ihn begehre, die nun von ihm gehen würde, nachdem sie so viel Jahre bei ihm gewesen war. Allein sie begehrte ihn nicht, sondern lebte fort neben ihm, war ihm gehorsam, und blieb traurig, wenn die Sonne kam, und traurig, wenn die Sonne ging. Die Nachbarn aber belachten sein Angesicht und sagten, das sei der Aussatzengel Jehovas, der über ihn gekommen wäre und ihm sein Merkmal eingeprägt habe.

Er sagte nichts, und die Zeit schleifte so hin.

Er reisete fort, wie früher, kam wieder heim, und reisete wieder fort. Den Reichtum suchte er auf allen Wegen, er trotzte ihn bald in glühendem Geize zusammen, bald verschwendete er ihn, und wenn er draußen unter den Menschen war, lud er alle Wollüste auf seinen Leib. – Dann kam er nach Hause und saß an manchem Nachmittage hinter dem hochgetürmten Schutte seines Hauses, den er gerne besuchte, neben der zerrissenen Aloe, und hielt sein bereits grau werdendes Haupt in beiden Händen. Er dachte, er sehne sich nach dem kalten, feuchten Weltteile Europa, es wäre gut, wenn er wüßte, was dort die Weisen wissen, und wenn er lebte, wie dort die Edlen leben. – – Dann heftete er die Augen auf den Sand, der vor ihm dorrte und glitzerte – und blickte seitwärts, wenn der Schatten der traurigen Deborah um die Ecke einer Mauertrümmer ging, und sie ihn nicht fragte, was er sinne. –

Aber es waren nur flatternde Gedanken, wie einem, der auf dem Atlas wandert, eine Schneeflocke vor dem Gesichte sinkt, die er nicht haschen kann.

Wenn Abdias nur erst wieder hoch auf dem Kamele saß, mitten in einem Trosse, befehlend und herrschend: dann war er ein anderer, und es funkelten in Lust die Narbenlinien seines Angesichtes, die so unsäglich häßlich waren, und daneben glänzten in Schönheit die früheren Augen, die er behalten hatte, – ja sie wurden in solchen Zeiten noch schöner, wenn es um ihn von der Wucht der Menschen, Tiere und Sachen schütterte – wenn sich die Größe und Kühnheit der Züge entfaltete und er mit ihnen ziehen konnte, gleichsam wie ein König der Karawanen; denn in der Ferne wurde ihm zu Teil, was man ihm zu Hause entzog: Hochachtung, Ansehen, Oberherrschaft. Er sagte sich dieses vor und übte es recht oft, damit er es sähe – und je mehr er befahl und forderte, um so mehr taten die andern, was er wollte, als wäre es eben so, und als hätte er ein Recht. Obwohl er fast ahnete, daß es hier das Gold sei, welches ihm diese Gewalt gebe, so hielt er sie doch fest und ergötzte sich in ihr. Da er einmal den reichgekleideten Herrn, Melek-Ben-Amar, den Abgesandten des Bei, den dieser zu ihm in die Stadt Bona geschickt hatte, um ein Anleihen zu erzwingen, recht lange hatte warten und recht inständig hatte bitten lassen, bis er ihm willfahrte, so war er fast in seinem Herzen gesättigt. Als er von da eine Reise durch Libyen machte, kostete er auch das Glück der Schlachten. Es waren Kaufleute, Pilger, Krieger, Gesindel und Leute aller Art, die sich zu einer großen Karawane zusammen getan hatten, um durch die Wüste zu ziehen. Abdias war in seidenen Kleidern und glänzenden Waffen unter ihnen; denn seit er häßlich war, liebte er den Glanz noch mehr. Am siebenten Tage des Zuges, da schwarze Felsen um sie waren und die Kamele mit den Fußsohlen die Hügel weichen Sandes griffen, flog eine Wolke Beduinen heran. Ehe die in der Mitte, wo das große Gepäcke war, fragen konnten, was es sei, knallten schon am Saume der Karawane die langen Röhre und zeigten sich Sonnenblitze von Klingen. Sogleich wurde von denen in der Mitte ein Geschrei und ein Jammer erhoben, viele wußten nicht, was zu tun sei, viele stiegen ab und warfen sich auf die Knie, um zu beten. Da erhob sich der hagere Jude, der gleichfalls in der Mitte bei den großen Warenballen geritten war, auf seinem Tiere und schrie Schlachtbefehle, die ihm einkamen. Er ritt gegen das Gefecht hinvor und zog seine krumme Klinge: da waren die weißen Gestalten mit den eingemummten Köpfen, und mehrere der Karawane mit ihnen im Kampfe. Einer wandte sich sogleich gegen ihn, mit der Klinge über den Hals des Kameles nach seinem Kopfe holend, aber Abdias wußte in dem Augenblicke, was zu tun sei: er duckte sich seitwärts an den Hals des Kameles, stieß sein Tier dicht an den Feind und stach ihn, daß ein Blutbach über das weiße Gewand strömte, von dem Sattel. Auf die nächsten feuerte er seine Pistolen. Dann rief er Befehle, die seine Nachbarn einsahen und befolgten – und wie die andern sahen, wie es gehe, wuchs ihnen der Mut, immer mehrere kamen herbei, und wie nur erst der zweite und der dritte von den Feinden fiel, da flog eine wilde Lust heran, der Teufel des Mordens jauchzte, und die ganze Karawane drängte vor. Abdias selber wurde empor gerissen, er hatte sein schwarzes Angesicht hoch gehoben, seine Narben waren Feuerflammen, die Augen in dem dunkeln Antlitze weiße Sterne, der Mund rief weit tönend und in Schnelle die tiefen Araberlaute aus, und wie er, die Brust gleichsam in Säbelblitze tauchend, immer tiefer hineinritt, hatte er den dunkeln, dürren Arm, von dem der weite Seidenärmel zurück gefallen war, von sich gestreckt, wie ein Feldherr, der da ordnet. Im dünnen Schatten des Rauches, der sich bald verzogen, weil keiner mehr Zeit zum Laden hatte, und in den Blitzen der fürchterlichen Wüstensonne, die oben stand, änderte sich nun schnell das Bild der Dinge: die früher angegriffen hatten, waren jetzt die Bedrängten und Mitleidswürdigen. Sie sahen nach Rettung. Einer drückte zuerst das lange Gewehr sachte an seine Gestalt, beugte sich vor und schoß in Flucht aus dem Kreise – ein anderer warf die Waffen weg, die Zügel auf den Rücken vorwärts und ließ sein Heil dem edlen Pferde, das mit Windesflug in die Wüste trieb – wieder andere, in Vergessenheit der Flucht, wurzelten in dem Boden und flehten Gnade. Aber alles war vergeblich. Abdias, der befohlen hatte, konnte nicht mehr lenken, die Flut schwoll über, und die früher gebeten hatten, tobten jetzt und stießen denen, die auf den Knieen lagen und baten, das Messer in das Herz. – – Abdias hielt, da endlich alles aus war und die Sieger die Toten und Verwundeten und die Satteltaschen an ihren Tieren plünderten, auf seinem Kamele und warf den blutigen Säbel von sich weg. Ein Türke, der in der Nähe kauerte, mißverstand die Bewegung und sah sie für einen Befehl an: er wischte die Klinge an seinem eigenen Kaftan ab und reichte sie dem tapfern Emir wieder.

Als man nach dem Gefechte weiter zog und alle Tage das einsame Bild der Wüste war, dachte Abdias: wenn er nun den Bei tötete, wenn er selber Bei würde, wenn er Sultan würde, wenn er die ganze Erde eroberte und unterwürfe – was es dann wäre? es waren unbekannte Dinge und standen mit düsterm Winken in der Zukunft. – Allein er wurde nicht Bei, sondern, wenn wir uns so ausdrücken dürfen, auf jener ganzen Reise, die noch weit herum ging, schwebte schon ein trauriger, dunkler Engel über ihm. Man war wieder in die blühenden Länder der Menschen gekommen, er hatte in vielen Richtungen zu gehen, er schloß sich bald an diese, bald an jene Karawane an, und öfters – wie es nun Menschen manchmal ist – wenn er so in der Ferne zog, fiel ihm plötzlich ein: wenn nur zu Hause kein Unglück geschehen ist – aber er strafte diese Gedanken immer wieder selber, indem er sagte: »Was kann denn zu Hause geschehen? zu Hause ist ja gar kein

Unglück möglich.« – – Und er zog hierauf noch Öde aus, Öde ein, hatte Geschäfte abzutun und tat sie mit Glück, sah manche Gegenden und Städte, und es waren mehrere Monate vergangen, bis er nach all den Kreislinien wieder einmal das Blau der Atlasberge schimmern sah und hinter ihnen seine Heimat ahnete. Er zog ihr zu. Er ließ seine schönen Kleider in einem Dorfe, wo in einer Grotte eine Synagoge war, und in einer schönen, heitern Sternennacht lösete er sich von der letzten Karawane, mit der er gezogen war, ab, und wandte sich seitwärts gegen die Ebene, über die man zu den Bergen und jenseits derselben zu der alten Römerstadt gelangen konnte. Da schwang sich der Engel von seinem Haupte; denn es war geschehen, was da sollte. Da Abdias nämlich als zerlumpter Mann auf dem Kamele reisend ganz allein im Sande ritt und sich bereits dem Ziele seiner Wanderung näherte, sah er eine schwache blaue Dunstschichte über der Geisterstadt stehen, gleichsam einen brütenden Wolkenschleier, wie sie oft ihr Phantom auf die Wüste werfen allein er achtete nicht darauf, da auch der andere Himmel sich milchig zu beziehen anfing und die heiße Sonne wie ein rotes, trübes Auge oben stand, was in diesen Gegenden immer das Herannahen der Regenzeit bedeutet. Aber da er endlich zu den wohl-bekannten Trümmern gelangte und in die bewohnten Teile derselben einritt, sah er, daß man die zerstörte Stadt noch einmal zerstört hatte; denn die wenigen elenden Balken, die einst von weiten Landen herbei geschleppt und aufgerichtet worden waren, lagen herum gestreut und rauchten – schmutzige Asche von Palmenblättern, den Dächern der Hütten, lag zwischen schwarzen, von Feuer genäßten Steinen – er ritt schneller – und wie er zu dem Triumphbogen und den zwei verdorrten Palmenstämmen gekommen war, so sah er fremde Männer, welche Dinge aus seinem Hause trugen – ihre Maultiere waren schon sehr bepackt, und aus dem Schlechten, was sie in den Händen hatten, er-kannte er, daß es das letzte sei, was sie trugen. An den Palmenstämmen aber hielt Melek-Ben-Amar hoch zu Rosse, und mehrere Männer waren um ihn. Als Abdias schnell sein Tier zum Niederknien gezwungen hatte, abstieg, gleichsam wie zu retten herbeilief und den Menschen erkannte, grinsete dieser mit dem Angesichte auf ihn herab und lächelte Abdias mit dem unbeschreiblichsten, inbrünstigsten Hohne und Hasse fletschte ihm auch die Zähne entgegen – aber er hatte jetzt nicht Zeit, sondern sprang an ihm vorbei in die vordere Stube, wo die alten Kleider lagen, um zu sehen – – aber hier waren etliche Nachbarn, die aus Schadengier herbei gelaufen waren, um sich zu weiden – – und wie diese jetzt den unvermutet herbei gekommenen Abdias gewahr wurden, jubelten sie laut und schreiend, ergriffen ihn sogleich, schlugen ihn, spieen ihm ins Angesicht und riefen: »Da bist du nun – du bist es, du, du!! – – Du hast dein eigen Nest beschmutzt, du hast dein eigen Nest verraten und den Geiern gezeigt. Weil du in ihren eitlen Kleidern gegangen bist, haben sie's geargwohnt, der Grimm des Herrn hat dich gefunden und zermalmt, und uns mit dir. Du mußt ersetzen, was genommen ward, du mußt alles ersetzen, du mußt es zehnfach ersetzen, und mehr.«

Abdias, gegen so viele Hände unmächtig, ließ gewähren und sagte kein Wort. Sie zerrten ihn wieder gegen die Tür und wollten neuerdings schreien und ihn mißhandeln. Da kam der Abgesandte des Bei mit mehreren Soldaten herein und rief unter die Juden: »Laßt den Kaufmann fahren, sonst wird jeder von euch an einen Spieß gesteckt, so wie er hier steht. Was geht es euch an, daß er ein Hund ist; denn ihr seid es auch. Wollt ihr fahren lassen, sag ich?«

Darauf wichen sie zurück. Die Söldner Meleks durchsuchten nun Abdias' Kleider und nahmen ihm alles, was ihnen gefiel – er litt es sehr geduldig – dann sagte Melek zu ihm: »Du hast sehr übel getan, Abdias-Ben-Aron, daß du in diesem Verstecke da Habe und Abgaben unterschlagen hast, wir könnten dich strafen, aber wir tun es nicht. Lebe wohl, edler Kaufmann, wenn du einmal des Weges in unsere Stadt bist, so besuche uns, wir werden dir die Pfänder deiner Schuldforderung zeigen und dir die Zinsen bezahlen. – Jetzt gebt ihn frei, daß er wieder anschwelle und Früchte trage.«

Und mit Lachen und mit Schreien ließen sie von ihm ab er litt es auch sehr geduldig, und hatte sich nicht gerührt, nur daß er bei dem Hohne die Augen scheu seitwärts drehte, wie ein ohnmächtiger Tiger, der geneckt wird. – – Aber wie sie draußen waren, aufstiegen und über den Hügel Sandes davon reiten wollten, sprang er eines Satzes nach, riß die Pistolen aus dem Halfter seines Kameles, wo man sie, als man die anderen Packsäcke abgeschnitten, auf dem magern, verachteten Tiere vergessen hatte, und feuerte beide auf Melek ab. Allein er hatte ihn nicht getroffen. Da kehrten mehrere Soldaten um, schlugen ihn mit ihren Spießen über den Rücken und die Lenden, und ließen ihn für tot liegen. Dann ging der Zug wieder durch die Trümmer fort gegen jene Seite der Ebene hinaus, die mit kurzem schlechten Grase bewachsen ist und den nächsten Weg zu den bewohnten Ländern hat. Abdias blieb auf dem Sand liegen und regte sich nicht. Da man aber keinen einzigen Laut von dem Schreien der Fortreitenden mehr hören konnte, zog er sich von dem Boden empor und schüttelte die Glieder. Er ging wieder zu dem Kamele, das noch auf den Knieen lag, nahm von den tiefer gelegenen Stellen des sehr geflickten Halfters zwei kleine Pistolen heraus, die dort verborgen waren, und begab sich damit in seine Wohnung. Dort standen sowohl an den Palmen als auch in der Stube noch mehrere seines Stammes, die zusammengelaufen waren, und harrten, was jetzt zu tun sei. Er ging sachte durch die Tür hinein, drückte sich an die Wand und rief mit heiserer Stimme: »Wer von euch nur noch einen Atemzug lang hierverweilet, ja wer nur mit dem Fuße zuckt, als wollte er der letzte sein, der fort geht, den schieße ich mit dieser Waffe nieder, und seinen Nachbarn mit der andern – dann kann geschehen, was da wolle – gepriesen sei der Herr!«

Er war während dieser Worte bis in die Tiefe der Stabe zurückgeschlichen und hatte die Sterne des Sehens auf sie gerichtet. Sein häßlich Antlitz funkelte in maßloser Entschlossenheit, die Augen strahlten, und einige behaupteten nachher, sie hätten in jenem Augenblicke auch ganz deutlich einen unnatürlichen Schein um sein Haupt gesehen, von dem die Haare einzeln und gerade empor gestanden wären wie feine Spieße.

Sie zauderten noch ein wenig, und gingen dann einzeln zur Türe hinaus. Er schaute ihnen nach und knatterte mit den Zähnen, wie eine Hyäne der Berge. Als endlich der letzte seinen Fuß über die Schwelle gezogen hatte und unsichtbar wurde, murmelte er: »Da gehen sie, sie gehen – warte, es wird eine Zeit kommen, Melek, daß ich mit dir auch noch rechne.«

Draußen mochten sie überlegen: ›wenn er der Mann sei, der sie ins Verderben gebracht, so könne er ihnen auch wieder empor helfen, er muß ersetzen, sie wollen ihn sparen und in der Zukunft zwingen.‹ Er hörte ihre Worte herein und horchte mit den Ohren darauf hin. Aber sie wurden immer weniger, und endlich ließ sich gar nichts mehr vernehmen, ein Zeichen, daß sie alle fortgegangen sein mochten.

Abdias stand noch eine Weile und atmete lange und tief. Dann wollte er nach Deborah sehen, die ihn jetzt wieder dauerte. Er steckte die Pistolen in seinen Kaftan, stieg über den Haufen Gewandes, das sonst vor dem Eingange zu dem innern Zimmer gehangen war, jetzt aber auf der Erde lag, griff sich durch den Gang, in welchem die Lampe herabgeworfen worden war, und trat in die Gemächer hinein. Da fiel das Licht durch die Fenster oben, die mit Myrten umrankt waren, auf den Estrich des Bodens herab: allein es waren nun keine Teppiche und Matten mehr da, sondern die an allen Stellen nach Schätzen aufgewühlte Erde und die nackten Steine der tausendjährigen Mauern sahen ihn wie eine Mördergrube an. Er fand wirklich Deborah in dem größeren Gemache, wo sie sonst gerne gewesen war, und – siehe, wie seltsam die Wege und Schickungen der Dinge sind: sie hatte ihm gerade in dieser Nacht ein Mägdlein geboren – aus Schreck der Mutter war es zu früh gekommen, und sie hielt ihm nun dasselbe von dem Haufen lockerer Erde, auf dem sie lag, entgegen. Er aber stand in dem Augenblicke wie einer, der von einem furchtbaren Schlage geschüttelt wird, da. Nichts als die einzigen Worte sagte er: »Soll ich denn nun nicht nach reiten und das Kind in die Spieße der Soldaten schleudern?!«

Nach einem kleinen Weilchen Harrens aber ging er näher, hob es auf und sah es an. Dann, ohne es weg zu tun, begab er sich in das anstoßende Gemach, und sah lange und scharf gegen einen Winkel und die dort gefügten Steine, dann kam er heraus und sagte: »Ich habe es gedacht, ihr Toren, ich habe euch also genug heraußen gelassen – o ihr siebenfachen Toren!«

Dann fiel er auf die Knie nieder und betete: »Jehova, Lob, Preis und Ehre von nun an bis in Ewigkeit!«

Sodann ging er wieder zu Deborah und legte das Kind zu ihr. Er griff mit dem Finger in ein Wasser, das in einem Näpfchen nicht weit von ihr stand, und netzte ihr die Lippen, weil kein einziger Mensch, keine Wehmutter, kein Diener und keine Magd in der ganzen Wohnung war. Und als er dies getan hatte, sah er noch genauer auf sie hin und streichelte, neben ihrem Haupte kauernd, ihre kranken, bereits alternden Züge – sie aber lächelte ihn seit fünf Jahren wieder zum ersten Male mit dem düsteren, traurigen Antlitze an, als sei die alte Liebe neu zurück gekehrt – indes sah wieder der häßliche Kopf eines Nachbars, der vielleicht die Gierde am wenigsten zähmen konnte, sogar bei dieser innern halbzerbrochenen Tür herein, aber er zog sich wieder zurück – Abdias achtete nicht darauf, es fiel ihm von den Augen herunter wie dichte Schuppendecken, die darüber gelegen waren es war ihm mitten in der Zerstörung nicht anders, als sei ihm das größte Glück auf Erden widerfahren – und wie er neben der Mutter auf dem nackten Boden saß, und wie er den kleinen wimmernden Wurm mit den Händen berührte, so wurde ihm in seinem Herzen, als fühle er drinnen bereits den Anfang des Heiles, das nie gekommen war, und von dem er nie gewußt hatte, wo er es denn suchen sollte – es war nun da, und um Unendliches süßer und linder, als er sich es je gedacht. Deborah hielt seine Hand, und drückte sie und liebkoste sie – er sah sie zärtlich an – sie sagte zu ihm. »Abdias, du bist jetzt nicht mehr so häßlich wie früher, sondern viel schöner.«

Und ihm zitterte das Herz im Leibe.

»Deborah,« sagte er, »es ist kein Mensch da, der dir etwas reichen könnte, hast du nicht vielleicht Hunger?«

»Nein, Hunger habe ich nicht,« antwortete sie, »aber Mattigkeit.«

»Warte, ich will dir etwas bringen,« sagte er, »das dich stärket, und ich will dir auch Nahrung reichen, die dir vielleicht doch abgeht, und ich will dein Lager besser bereiten.«

Dann stand er auf, und mußte sich erst ein wenig dehnen, ehe er fort gehen konnte; denn die Schmerzen waren während der kurzen Ruhe recht stark gekommen. Dann ging er hinaus und brachte von den schlechten Kleidern, die draußen lagen, einen Arm voll herein, und bereitete neben ihr ein besseres Lager, auf das er sie hinüberhob, dann deckte er noch sein von seinem Leibe warmes Oberkleid auf sie, weil er meinte, es friere sie; denn sie war so bleich. Sodann ging er zu dem Platze, wo die Zündsachen lagen, die dienten, um Feuer anzufachen. Sie lagen unberührt dort, weil sie schlechte Dinge waren. Er zündete ein Kerzlein an, tat es in die Hornlaterne, und stieg draußen über eine Treppe unter der Erde hinab, wo der Wein zu liegen pflegte.

Er war aber aller herausgelassen und verschüttet. Aus einer kleinen Lacke, die auf der Erde stehen geblieben war, brachte er ein wenig in ein Gefäß. Dann holte er Wasser aus der Zisterne. Denn das in dem Näpfchen war schon sehr warm und auch etwas stinkend geworden, und mit dem Gemische von Wein und frischem Wasser benetzte er ihre Lippen und sagte, sie solle mit der Zunge das Naß nur wegnehmen und hinunter schlucken, es würde ihr für den Augenblick schon helfen. Als sie dies getan und mehrere Male wiederholt hatte, stellte er die Gefäße mit Wein und Wasser wieder hin und sagte, er wolle ihr nun auch Nahrung bereiten. Er suchte aus seinen herumgestreuten Reisesachen eine Büchse hervor, in der er stets den verdichteten Stoff einer guten Brühe mit sich führte. Dann ging er in die Küche hinaus, um etwa nach einem Blechgefäße zu schauen, das ihm dienen könnte. Und als er ein solches gefunden hatte, kam er wieder herein, tat Wasser und den Stoff in dasselbe, zündete eine Weingeistflamme an und stellte es auf einem Gestelle darüber. Er blieb bei dem Gefäße stehen, um zu merken, wie sich das Ganze auflösen würde. Deborah mußte jetzt viel wohler und ruhiger sein; denn wenn er hin blickte, sah er, daß sie über die Augen, mit welchen sie ihm zuschaute, öfter die Lider herab fallen ließ, als wollte sie schlummern. In dem ganzen Hause war es sehr stille, weil alle Zofen und Diener fort gelaufen waren. Als sich sein Brühstoff in dem warmen Wasser vollends aufgelöst hatte, nahm er das Gefäß wieder weg, um alles ein wenig abkühlen zu lassen. Er kniete neben ihrem Angesichte nieder und saß nach Art der Morgenländer auf seine Füße.

»Deborah, bist du schläfrig?« sagte er. »Ja, sehr schläfrig«, antwortete sie.

Er hielt das Gefäß noch ein wenig zwischen den Händen, und da es gehörig lau geworden war, reichte er ihr den Trank und sagte, sie solle schlürfen. Sie schlürfte. Es mußte ihr auch wohlgetan haben, denn sie sah noch einmal mit den schlaftrunkenen Augen gegen sein Angesicht, wie er so neben ihr saß, empor, und entschlummerte dann wirklich sanft und süß. Er blieb noch eine Weile sitzen und schaute hin. Das Kindlein, mit den weiten Ärmeln des Kaftans zugedeckt, schlummerte gut. Dann stand er auf und stellte das Gefäß bei Seite.

Die Zeit dieses Schlafes wollte er benützen, um zu sehen, was denn noch in der Wohnung liegen könne, daß man es zu einer Einrichtung gebrauche, die in der ersten Zeit forthelfe – auch wollte er, wenn es anginge, draußen kurz umsehen, ob er keines seiner Diener oder Dienerinnen erblicken könne, daß sie eine Weile wachten, indes er fort gehe und um Nahrung wenigstens für die nächsten Augenblicke sorge. Er ging durch die Zimmer, kam wieder heraus zu Deborah, und wie er herum suchte und immer auf das Schloß der Tür hin sah, wie es denn machen solle, daß er schließen könne, wenn er fort gehe denn alles hing halb zerrissen und zerbrochen herab kroch sein abessinischer

Sklave Uram herbei. Er zog sich an der Erde fort und richtete die Augen fest auf Abdias, weil er eine furchtbare Züchtigung erwartete, da er, als die Plünderer kamen, mit den andern fort gelaufen war. Aber Abdias hatte ihm eher Lohn als Strafe zugedacht, indem er der erste war, der wieder gekommen.

»Uram,« sagte er, »wo sind denn die andern?«

»Ich weiß es nicht«, antwortete der Sklave, indem er im Näherkriechen inne hielt.

»Seid ihr denn nicht mit einander fortgelaufen?«

»Ja, aber es haben sich alle zerstreut. Und wie ich gehört habe, daß du zurück gekehrt bist, bin ich wieder gekommen, und habe gemeint, die andern werden auch schon da sein, weil du uns schützen wirst.«

»Nein, sie sind nicht da,« sagte Abdias, »kein einziger ist da. – – Knabe Uram,« fuhr er dann sehr sanft fort, »komme näher und höre, was ich dir sagen werde.«

Der Jüngling sprang empor und starrte Abdias an. Dieser aber sprach: »Ich werde dir einen sehr schönen roten Bund geben mit einem weißen Reigerbusche darauf, ich werde dich zum Aufseher über alle anderen machen, wenn du genau ausführest, was ich dir sage. Du mußt, so lange ich fort bin – denn ich werde ein wenig weg gehen – deine kranke Herrin und dieses Kind bewachen. Setze dich hierher auf diesen Erdhaufen – so – hier hast du ein Gewehr, es ist eine Pistole – so mußt du sie halten – –«

»Das weiß ich schon«, sagte der Knabe.

»Gut,« fuhr Abdias fort, »wenn nun einer herein kömmt und die schlummernde Frau und das Kind anrühren will, so sag ihm, er solle gehen, sonst wirst du ihn töten. Geht er nicht, so halte die Öffnung gegen ihn, drücke an der eisernen Zunge und schieße ihn tot. Verstehst du alles?«

Uram nickte und setzte sich in der verlangten Stellung auf den Boden.

Abdias sah ihn noch ein Weilchen an, und ging dann, den Griff der andern Pistole mit seiner Hand im Kaftane haltend, durch den Gang in die äußere Stube hinaus. Es lag alles so herum gestreut, wie er es verlassen hatte, und kein Mensch war in der weitläufigen Höhle. Da er sich überall umgesehen hatte, beschloß er vollends hinaus zu gehen. Er mußte sich wegen der vielen Schmerzen in den Lenden noch einmal dehnen, und stieg dann über die Schwelle der Tür zu den Palmen hinaus. Es war hier wirklich ganz öde, wie er es voraus gedacht hatte; denn die Nachbarn mochten in ihre entfernten Behausungen, oder wohin es ihnen sonst gefallen hat, gegangen sein. Als er zu dem Sandhaufen kam, wo er mit den Lanzen geschlagen worden war, war das Kamel nicht mehr da sie hatten es samt den Lumpen als Ersatz mitgenommen. Er bog um den Triumphbogen und abgelegene Trümmer herum, und als er auf den hohen Schutthaufen, der über seinem Hause lag, gekommen war, stieg er auf den noch höheren hinan, der sich hinter demselben befand, wo Sand und weitgedehnte Blöcke lagen und eine große Umsicht auf alle Dinge und auf das Dämmerrund der Wüste sich eröffnete. Dort hob er einen Stein auf und zog einen goldenen Ring unter demselben hervor. Dann stand er, und sah ein wenig herum. Die Sonne, welche früher ein trüber, roter Glutpunkt gewesen war, war nun gar nicht mehr sichtbar, sondern ein verschleierter, grauer, heißer Himmel stand über der Gegend. Wir würden in unsern Ländern eine solche Luft sehr heiß nennen, aber dort war sie im Vergleiche mit Tagen, wo die Sonne unausgesetzt nieder scheint, bedeutend kühler geworden. Abdias atmete sie wie eine Labung, und strich sich mit der flachen Hand ein paarmal über die Seiten seines Körpers herab. Er schaute durch das schweigende Getrümmer, das unter ihm lag, und stieg dann hinab. Als er bei der zerrissenen Aloe war, begannen kleine Tropfen zu fallen, und was in diesem Erdstriche eine Seltenheit ist, ein grauer, sanfter Landregen hing nach und nach über der ganzen ruhigen Ebene; denn auch das ist selten, daß die Regenzeit so stille und ohne den heftigen Stürmen herannaht.

Abdias stieg auf der entgegengesetzten Seite, als er heraufgegangen war, hinab, wanderte durch allerlei wohlbekannte Irrgänge und Windungen der Trümmer und hatte ziemlich weit zu gehen, bis er das Ziel, wohin er wollte, erreichte, nämlich die Wohnung des vorzüglichsten seiner Nachbarn, wo er glaubte, daß er auch einige andere antreffen würde. Wirklich waren mehrere da, und als sich das Gerücht verbreitete, er sei über die Schwelle des Gaal hineingegangen, kamen noch immer mehrere herbei.

Er sagte zu ihnen: »Wenn ich durch die schöneren Kleider, die ich trug, und durch den größeren Handel, den ich trieb, unsern Aufenthalt verraten, die Plünderer hergelockt und euch Schaden verursacht habe, so will ich auch denselben ersetzen, so gut ich kann. Ihr werdet nicht alles verloren haben; denn ihr seid weise, und habt Kleinodien geborgen. Bringet ein Papier oder Pergament und Tinte herbei. Ich habe manche Schuldforderungen draußen ausstehen, die mir meine Freunde bezahlen müssen, sobald die Zeit um ist. Ich werde sie euch hier aufschreiben, und werde die Erlaubnis dazu schreiben, daß ihr das Geld als euer Eigentum einnehmen dürfet.«

»Wer weiß, ob es wahr ist, daß er etwas zu fordern hat«, sagte einer der Anwesenden.

»Wenn es nicht wahr ist,« antwortete Abdias, »so habt ihr mich immer hier und könnt mich steinigen, oder sonst mit mir tun, was euch gefällt.«

»Das ist richtig, laßt ihn nur schreiben«, riefen andere, während das herbeigebrachte Pergament und die Tinte hingeschoben wurden.

»Er ist so weise wie Salomo«, sagten diejenigen, welche ihn heute am meisten verschimpft und verspottet hatten.

Und als er auf dem Pergamente eine lange Reihe aufgeschrieben, sie ihnen dargereicht und sie alle gesagt hatten, daß sie einstweilen zufrieden sein wollen, bis er sich erholt habe und auch das andere ersetzen kann, zog er den Ring aus seinem Kaftan hervor und sagte: »Du hast eine Milcheselin, Gaal, wenn du mir dieselbe ablassen willst, so bin ich geneigt, dir diesen Ring dafür zu geben, der einen großen Wert hat.«

»Den Ring bist du als Ersatz schuldig, wir werden ihn dir nehmen«, riefen sogleich mehrere.

»Wenn ihr mir den Ring nehmt,« antwortete er, »so werde ich den Mund zuschließen und euch in Zukunft niemals mehr sagen, wo ich Geld habe, wer mir etwas schuldig ist, wo ich im Handel etwas erworben habe, und ihr werdet nie mehr etwas von mir bekommen, das euch eueren Schaden vermindern könnte.«

»Das ist wahr,« sagte einer, »laßt ihm den Ring, und, Gaal, gib ihm die Eselin dafür.«

Den Ring hatten sie unterdessen angeschaut, und da sie erkannt hatten, daß er viel kostbarer sei, als der Preis der Eselin beträgt, sagte Gaal, er werde ihm die Eselin geben, wenn er zu dem Ringe noch ein Stück Geld hinzu legen könne.

»Ich kann nichts mehr hinzulegen,« antwortete Abdias, »denn sie haben mir alles genommen, wie ihr selber gesehen habt. Gib mir den Ring, ich werde ohne die Eselin fortgehen.«

»Lasse den Ring,« sagte Gaal, »ich werde dir die Eselin senden.«

»Nein,« antwortete Abdias, »du darfst sie mir nicht senden, sondern du mußt mir einen Riemen geben, an welchem ich sie fortführen werde. Oder gib den Ring.«

»Ich werde den Riemen und die Eselin geben«, sagte Gaal.

»Sogleich«, sagte Abdias.

»Sogleich«, antwortete Gaal. »Geh hinaus, Jephrem, und führe sie aus der Grube herauf, in welcher sie steht.« Während der Diener ging, um die Eselin zu holen, fragte Abdias die Leute, ob sie keinen seiner Diener oder keine der Zofen seines Weibes gesehen haben; »denn«, sagte er, »sie sind alle fortgegangen.«

»Sind alle deine Diener fort?« fragte man, »nein, wir haben sie nicht gesehen.«

»Ist vielleicht eines davon bei dir, Gad, oder bei dir, Simon, oder bei einem andern?«

»Nein, nein, wir sind selber alle fortgelaufen, und haben nichts von ihnen gesehen.«

Indessen war Jephrem mit der Eselin gekommen, Abdias trat aus der Schwelle der Höhle Gaals heraus, man gab ihm den Riemen in die Hand, und er führte die Eselin über den Schutt davon. Aus den Fenstern steckten sich die Köpfe und schauten ihm nach.

Er ging durch die Wege der Trümmer und gedachte eine Stelle aufzusuchen, die abgelegen war, die er recht wohl kannte, und die öfter als Zufluchtsort gedient hatte, ob er denn nicht eins oder das andere seiner Diener dort finden könnte, wohin sie sich vielleicht geflüchtet haben möchten. Der Regen hatte unterdessen überhand genommen, und war zwar fein geblieben, aber ganz allgemein geworden. Er ging durch den Brei des Sandes, oder an den Schlinggewächsen vorbei, die aus verschiedenen Spalten hervorkamen und die liegenden Baustücke überwuchsen, er ging neben nickenden Aloeblüten und an triefenden Myrten vorüber. Kein Mensch begegnete ihm auf dem Wege, und es war kein Mensch ringsum zu sehen.

Als er an die Stelle kam, die er sich gedacht hatte, ging er durch die niedrige, flache Pforte, die bis auf ihre Mitte im Sande stand, hinein und zog die Eselin hinter sich her. Er ging durch alle Räume des versteckten Gewölbes; aber er fand es ganz leer. Dann ging er wieder heraus und stieg noch auf ein Mauerstück um sich umzusehen, ob er vielleicht eines erblicken könnte – aber es war nichts zu sehen als überall dasselbe Bild uralter Trümmer, über welche allseitig und emsig das feine, hier so kostbare Wasser rieselte, daß sie wie in einem düsteren Firnisse glänzten; er sah keinen einzigen Menschen darin, auch hörte er nichts als das sanfte Rieseln der rinnenden Gewässer. Er wollte seine Stimme nicht erheben, um zu rufen; denn wollte ihm eins eine Antwort geben, das ihn höre, so konnte es ja auch den Weg in seine Behausung finden und dort seine Anordnungen erwarten. Sie werden gewiß bei einem der Leute versteckt sein, der sie nicht verraten will. Er dachte sich, sie mögen ihn nun für einen Bettler halten und ihn fliehen – und er erkannte dies Benehmen als natürlich. Er stieg wieder von dem Mauerstücke her ab, nahm den Riemen der Eselin, den er unterdessen um einen Knauf gewunden hatte, und trat den Weg zu dem Triumphbogen an. Obwohl er, da er das Oberkleid ab gelegt hatte, um es auf Deborah zu breiten, ganz durchnäßt war, so achtete er nicht darauf, und zog das Tier hinter sich her. Als er zu Hause angekommen war, ging er durch die Tür in die Vorderstube, führte die Eselin mit und band sie dort an. Er hatte in der Stube niemanden gefunden. Im Hineingehen durch den schmalen Gang dachte er, wenn drinnen auch noch niemand sei, so werde er selber Deborahs Diener sein und sie pflegen, so weit er es in seiner Jetzigen Lage könne.

Aber sie hatte einer Pflege nicht mehr not; denn da er außer Hause war, hatte sie nicht geschlummert, sondern sie war gestorben. Das unerfahrene Weib hatte sich, wie ein hilfloses Tier, verblutet. Sie wußte es selber nicht, daß sie sterbe, sondern da ihr Abdias die stärkende Brühe gegeben hatte, tat sie wie eines, das recht ermüdet ist und sanft einschläft. Sie schlief auch ein, mir daß sie nicht mehr erwachte.

Als Abdias eintrat, war das Gemach noch immer einsam, es war auch hierher noch niemand zurück gekehrt. Uram, wie ein Bild aus dunklem Erze gegossen, saß an Deborahs Lager und wachte noch immer, Augen und Pistolen gegen die Tür gerichtet; sie aber lag, wie ein Bild von Wachs, bleich und schön und starr hinter ihm – und das Kind lag an ihrer Seite, schlummerte süß und regte im Traume die kleinen Lippen, als sauge es. – – Abdias tat einen furchtsamen Blick hin und schlich näher; – mit eins wurde ihm die Gefahr klar, und er dachte an das, worauf er früher vergessen hatte – er stieß aus Überraschung einen schwachen Schrei aus – dann aber nahm er das Oberkleid, das er früher auf sie gebreitet hatte, und andere Lappen, die da lagen, weg, um zu sehen: es war deutlich, auf was er nicht geachtet, und was sie gar nicht gewußt hatte. Er zupfte aus einem Kleide eine Faser heraus, die so fein und leichter war, als es eine Flaumfeder sein konnte, und hielt sie vor ihren Mund; – aber sie rührte sich nicht. Er legte die Hand auf ihr Herz; er fühlte es nicht. Er griff ihre nackten Arme an: sie begannen schon kühler zu werden. Er hatte bei Karawanen, in Wüsten und im Hospitale Menschen sterben gesehen, und erkannte das Angesicht. Er stand auf und ging in den nassen Kleidern, die an seinem Körper klebten, in der Stube herum. Der Knabe Uram blieb in gleicher Stellung auf dem Boden sitzen und ließ die Augen den Bewegungen seines Herrn folgen. Dieser ging endlich in die Zimmer daneben, warf die nassen Kleider von seinem Leibe auf einen Haufen und suchte sich aus den Dingen, die herum waren, einen Anzug zusammen. Dann ging er in die Vorderstube hinaus, nahm von der Eselin etwas Milch in eine Schale, trug die Milch herein, wickelte einen kleinen Lappen zusammen, tat ihn in die Milch, daß er sich ansauge, und brachte ihn dann an den Mund des Kindes. Dieses saugte daran, wie es am Busen einer Mutter getan hätte. Als es die Lippen immer schwächer regte, aufhörte und wieder fortschlief, legte er es weg von der Seite der Mutter in ein Bettlein, das er aus Kleidern in eine Mauernische gemacht hatte. Dann setzte er sich auf eine Bank nieder, welche von Steinen gebildet wurde, die zufällig aus der Mauerecke hervorstanden. Wie er saß, flossen aus seinen Augen Tränen, wie geschmolzenes Erz. Es stand nämlich Deborah vor ihm, wie er sie zuerst in Balbek gesehen hatte, da er zufällig an ihrem Hause vorüber ging und das Gold des Abends nicht nur um die Zinnen ihres Hauses, sondern auch um die aller übrigen floß. Von einem weißen Mauerstücke flog ein Paradiesvogel auf und tauchte sein Gefieder in die gelbe Glut. Wie er sie dann abgeholt hatte, wie sie, von den Ihrigen über die Terrasse herabgeleitet, gesegnet worden war, und wie er sie dann von allen Angehörigen weg genommen und auf sein Kamel gehoben hatte. – Jetzt wird sie bei ihrem verstorbenen Vater sein und ihm erzählen, wie es bei Abdias gewesen ist.

Er blieb immerfort auf den Steinen sitzen, auf die er sich niedergelassen hatte. Es war in dem stillen Gemache niemand bei ihm als Uram, der ihm zuschaute.

Da endlich dieser Tag zur Neige ging und es in der Höhle allgemach so dunkel geworden war, daß man kaum mehr etwas sehen konnte, stand er auf und sagte: »Uram, lieber Knabe, lege diese Waffe weg, es ist hier niemand zu bewachen, sondern zünde die Hornlaterne an, gehe zu den Nachbarinnen und Klageweibern, sage ihnen, daß deine Herrin gestorben ist, und daß sie kommen sollen, um sie zu waschen und mit andern Kleidern anzukleiden. Sage ihnen, daß ich noch zwei Goldstücke habe, die ich ihnen geben werde.«

Der Knabe legte die Pistole auf die lockere Erde, stand auf, suchte die Zündsachen auf dem ihm wohlbekannten Platze, zündete die Laterne an, die Abdias, als er aus dem Keller gekommen war, hingestellt hatte, und ging hinaus. Der Lichtstreifen der mitgenommenen Laterne zog sich durch den Gang davon, und es war hierinnen jetzt finsterer, als es früher gewesen ist, weil das Licht den Gegensatz erzeugt hatte. Abdias zündete sich nichts an, sondern suchte nach der Wange des Weibes, kniete nieder und küßte sie zum Abschiede. Aber sie war jetzt schon kalt. Dann ging er zum Zündplatze, wo ein Stück einer Wachskerze lag, fachte dieselbe an und leuchtete gegen das Weib. Das Angesicht war das nämliche, mit dem sie ihn angesehen hatte, als er ihr Labung gereicht, und mit dem sie dann eingeschlafen war. Er meinte, wenn er nur genauer hinschaute, so müßte er sehen, wie es sich regte und die Brust sich im Atmen hebe. Aber es atmete nichts, und das Starren der toten Glieder dauerte fort. Auch das Kind regte sich nicht. Als sei es gleichfalls gestorben. Er ging zu demselben hin, um darnach zu sehen. Aber es lag in tiefem Schlafe, und sehr viele kleine Tröpflein standen auf der Stirne desselben. Er hatte es nämlich aus Übervorsicht zu stark mit Tüchern bedeckt. Daher nahm er etwas davon weg, um die Hülle leichter zu machen. Während er dieses tat, fiel sein langer Schatten von seinem Rücken weg über die Leiche des toten Weibes. Vielleicht schaute er auf das kleine Angesichtchen, ob er in demselben nicht Spuren von Zügen der Verstorbenen entdecken könnte. Aber er entdeckte sie nicht, denn das Kind war noch zu klein.

Der Sklave Uram kehrte sehr lange nicht zurück, gleichsam als fürchtete er sich und wolle nicht mehr kommen, aber da schon das Stück Wachskerze fast zu Ende gebrannt war und Abdias bereits ein anderes angezündet hatte, näherte sich der Tür ein verworrenes Murmeln und Rufen, und Uram trat an der Spitze eines Menschenhaufens in das Zimmer. Er bestand größtenteils aus Weibern. Einige davon waren gekommen, um zu klagen und zu jammern, wie es ihr Geschäft war, andere, sich an dem Unglücke zu erregen; und wieder andere, um es anzuschauen. Unter den Angekommenen war auch Mirtha, die Leibdienerin Deborahs, die sie immer am meisten geliebt hatte, und der sie vollends alle ihre Neigung zuwendete, da sie dieselbe ihrem Manne abgewendet hatte. Sie war ebenfalls aus Furcht davon gerannt wie die andern, als die Plünderer hereingebrochen waren, und war dann aus Haß gegen Abdias nicht mehr zurückgekehrt. Als sie aber am Abende gehört hatte, daß ihre Herrin ein Kind geboren habe und dann gestorben sei, schloß sie sich an den Menschenhaufen an, den man neben einer Laterne auf den regendurchweichten Wegen durch die dichten Trümmer gegen die Behausung des Abdias hin gehen sah. Sie wollte sehen, ob beide Dinge wahr seien. Als sie in dem Gemache angekommen war und den Gebieter ihrer Herrin stehen sah, drang sie schreiend und weinend aus dem Haufen hervor, warf sich vor ihm nieder, umschlang seine Füße und verlangte Bestrafung von ihm. Er aber sagte nichts als die Worte: »Stehe auf, und achte nur auf Deborahs Kind und beschütze es, da dasselbe dort liegt und gar niemanden zur Pflege hat.«

Als sie sich auch von der Leiche der Herrin aufgerichtet und sich ein wenig beruhigt hatte, nahm er sie an der Hand und führte sie zu dem Kinde hin. Sie, die Augen immer auf ihn gerichtet, setzte sich neben demselben nieder, um es zu beschützen, und sie deckte sein Angesicht mit einem Tuche zu, damit es keine bezaubernden Augen anschauen könnten.

Die andern Leute, die herbei gekommen waren, riefen durch einander: »Ach der Jammer – ach das Elend – ach das Unglück!«

Abdias aber schrie ihnen zu: »Laßt sie ruhen, die sie nichts angeht; – ihr aber, deren Beschäftigung diese Sache ist, klaget um sie, badet sie, salbet sie und gebt ihr ihren Schmuck. – Aber sie hat keinen Schmuck mehr nehmt nur von dem, was da herum liegt, das Beste, und kleidet sie an, wie sie begraben werden soll.«

Diejenigen, die sich über sie gebeugt hatten und sie an allen Stellen betasten wollten, gingen auseinander – aber die andern legten Hand an sie, um ihre Pflicht zu tun, derentwillen sie hergekommen waren. Abdias setzte sich in dem Schatten nieder, den der Menschenknäuel in die hintere Ecke warf; denn man hatte zwei alte Lampen angezündet, um zu allem besser sehen zu können, was man zu tun hatte.

»Das ist ein verstockter Mann«, murmelten einige unter einander.

Die Totenweiber hatten indessen die oberflächlichsten Kleider von der Leiche getan, hoben sie dann auf und trugen sie in das Gemach neben an, um sie vollends entkleiden zu können. Dann holten sie Wasser aus den von dem heutigen Regen angefüllten Zisternen, machten in der Küche Feuer, um es zu wärmen, taten es dann in eine Wanne, und badeten und wuschen mit demselben den Leichnam, der noch nicht starr war, und namentlich in der Wärme des Wassers die Glieder aufgelöset hernieder hängen ließ. Als er rein war, legten sie ihn auf ein Tuch und salbten ihn überall mit Salben, die sie zu diesem Zwecke mit sich herbei gebracht hatten. Dann rissen sie aus den offenen Schreinen und lasen von dem Boden auf, was da geblieben war, und kleideten die Leiche vollständig an. Was nach diesem Geschäfte von

Hüllen noch übrig geblieben war, packten sie zusammen und trugen es nach Hause.

Die Leiche war wieder in das Gemach, in dem sie früher gewesen war, herausgetragen und auf die Erde nieder gelegt worden. Deborah lag nun da, angekleidet wie das Weib eines armen Mannes. Es bildeten sich Gruppen, um in der Nacht zu wachen, die Totenweiber waren auch wieder zurück gekehrt, manche Menschen gingen in den nächtlichen Trümmerwegen zu Abdias' Höhle ab und zu, und in dem Vorgemache, das nach auswärts führte, klagten und heulten die Weiber, die um Lohn herbeigekommen waren.

Am andern Tage begrub Abdias sein Weib in dem steinernen Grabe, und zahlte die zwei versprochenen Goldstücke.

Sie hatte wenig Glück in dieser Ehe gehabt, und als es angefangen hätte, mußte sie sterben.

Die Nachbarn segneten sie mit ihren Lippen in das Grab hinein, als dasselbe mit den nämlichen Steinen geschlossen wurde, unter denen Aron und Esther schliefen, und sagten: Abdias sei es eigentlich gewesen, der sie um das Leben gebracht habe.

## 3. Ditha

Als Deborah begraben worden war und sich der letzte Stein über ihrem Leibe zu dem Nachbarsteine gefügt hatte, gleichsam als lägen sie zufällig da und bärgen nicht so kostbare Dinge wie die Körper verstorbener Angehörigen, und da sie auch so schwer befunden worden waren und so fest auf einander lastend, daß keine etwa begierig schweifende Hyäne die Glieder auszuscharren vermochte: ging Abdias nach Hause, und stand vor dem kleinen Kinde. Mirtha hatte in einem anderen Gemache eine bessere und tiefere Mauernische ausgefunden. Sie war einstens mit Seide ausgefüttert und mit seidenen Polstern bedeckt gewesen. Esther hatte gerne das schöne Kind Abdias, darauf gelegt, damit sich sein süßes Lächeln recht heiter von der schonen, dunklen, grünen Seide hervorhebe. Jetzt waren aber keine solchen Dinge in der Nische vorhanden; denn die Vorhänge und Überzüge aus Seide waren herabgerissen und auf Saumtieren verpackt worden, die Kissen lagen allein da und waren zerfetzt, so daß das, womit sie gefüllt waren, ein zartes, dünnes Gras, gleichsam das Haar der Wüste, heraus quoll, wie das Innere eines menschlichen Körpers. Mirtha zog dieses feine Gefüllsel gar heraus, lockerte es mit ihren Fingern auf und polsterte damit den nackten, von spitzigen Steinen unterbrochenen Boden der Nische. Dann suchte sie unter den herumliegenden Lumpen etwas zusammen, was sie darauf breitete, um das Kind auf dieses Bettlein legen zu können. Von Linnen war überhaupt wenig in der Wüste, und das Beste dieses Wenigen hatten die Reiter mitgenommen. Daher machte sie aus Wolle, aus andern Stoffen, ja aus seidenen Lappen, deren Farbe nicht mehr zu erkennen war, Windel und legte sie auf einen Haufen neben die Nische. Da das neugeborne Mädchen auf diesem Bettlein schlief, war es, daß Abdias von dem Begräbnisse heim kam und sich vor dasselbe hin stellte.

»Es ist so gut,« sagte er, »Mirtha; wir müssen nun weiter sorgen.«

Er ging hinaus, und führte die Eselin, die er gekauft hatte, und die noch immer in dem Gemache angebunden war, in dem er sie gelassen hatte, herein. Er stellte sie, damit sie recht gut verwahrt sei, in das Gewölbe, welches sonst das Prunkgemach Esthers gewesen war, und in das von oben herab durch das vergitterte Fenster das Licht fiel. Dort band er sie sorgsam an, und richtete den hölzernen Riegel, mit welchem die Tür inwendig versehen war, wieder her, daß man ihn nachts, da man herinnen schlief, immer vorschieben könne. Von dem Vorrate dürren Wüstenheues, mit dem er sonst immer seine Kamele gefüttert hatte, war genug vorhanden, indem das Heu nicht in seiner Behausung, deren Äußeres, in so ferne es brennbar war, von den Soldaten abgebrannt worden war, sondern in einer nicht weit davon befindlichen trockenen Höhle der Trümmer aufbewahrt worden war. Die Plünderer hatten es wohl gefunden, hatten auch versucht, es anzuzünden, aber wegen Mangel an Luftzug, und weil es so dicht gepackt war, hatte es nicht in Flamme geraten können. Sie rissen daher so viel heraus, als ihnen der Übermut eingab, nahmen mit, was sie für die nächsten Augenblicke brauchten und auf ihren Tieren unterbringen konnten, und ließen das übrige zerstreut liegen. Als sich Abdias des Heues und seiner Brauchbarkeit versichert hatte, ging er wieder in seine Wohnung zurück und suchte dort sehr lange unter all dem vielen Plunder die reinsten und wo möglich aus Linnen verfertigten Lappen heraus, damit sie dem Kinde zum Saugen dienten, wenn man ihm die frische, warm aus dem Körper der Eselin kommende Milch zur Nahrung gab. Diese Lappen legte er alle auf einem Steine zusammen, der sich in dem Gemache des Kindes befand. Sodann sah er nach den Zisternen. Er hatte in früherer Zeit hinter dem hohen Schutte, der auf seiner Wohnung lag, dort, wo ein sehr großes Fries und darauf liegende Felsenstücke immerwährenden Schatten gaben, zwei Zisternen graben lassen. Gewöhnlich aber war nur in einer derselben Wasser, die andere war leer. Dies rührte daher, weil die Zisterne mittelst eines Schlauches, den man absperren konnte, mit einer Wassergrube im Keller, die künstlich eingesäumt und dicht gepflastert war, in Verbindung stand, in welche Grube Abdias immer größere Wasserteile, wenn sie sich oben sammelten, abließ, damit das Wasser im Keller frischer werde und keine so große Menge durch Verdünstung verliere, als wenn es oben in der warmen Luft gestanden wäre, der es noch dazu eine größere Oberfläche darbot als im Keller. Beide Zisternen fand Abdias nach dem gestrigen Regen ganz voll, und er ließ die eine, wie gewöhnlich, unter die Erde ablaufen.

Das dürre, schlechte Kamel, auf welchem er gestern gekommen war, das er auf dem Sande vor seinem Hause gelassen hatte, hatte er ganz vergessen. Er erinnerte sich jetzt desselben und wollte darnach sehen. Es war zwar nicht mehr auf der Stelle, auf welcher es noch kniete, da Abdias die Pistolen heraus gerissen hatte, aber es war doch schon in dem Stalle. Der Knabe Uram hatte es dem Manne, der es gestern, gleichsam um sich für seinen Verlust ein wenig zu entschädigen, fortgeführt hatte, wieder genommen, er hatte es durch die Mauertrümmer fortgeführt, hatte es zu einer gelben Lacke, die er recht wohl wußte und die er niemanden andern gönnte, geführt, ließ es die ganze Lacke austrinken, damit das Wasser nicht, wenn wieder die heiße Sonne käme, verloren ginge, dann hatte er es in den Stall gebracht, nachdem er ihm noch zuvor das Geschirr und Riemzeug, welches noch auf ihm war, herabgenommen hatte. In dem Stalle fand es Abdias stehen. Es war das einzige, wo noch vor kurzem mehrere und weit edlere und bessere gestanden waren. Es hatte ein wenig von dem durch die Plünderer herum gestreuten, halb versengten Heue vor sich und fraß begierig von demselben. Abdias ließ etwas Mais, davon auch ein Vorrat da geblieben war, hinzugeben und von der Höhle frischeres Heu holen. Dann sagte er zu Uram, den er in dem Stalle getroffen, und durch den er diese letzteren Dinge hatte besorgen lassen: »Uram, gehe noch heute, so lange die Sonne scheint, hinaus über den Sandkamm und suche die Herde, sie muß dort herum wo sein – und wenn du sie gefunden hast, so zeige dich dem Hirtenrichter und sage, daß er dir von dem Anteile des Einwohners Abdias einen mit dessen Namen gezeichneten Hammel gebe. Diesen nimm an den Strick und führe ihn noch vor Abend hierher, daß wir ihn schlachten, etwas braten und etwas durch Meersalz aufbewahren, damit wir so lange durchkommen, bis die Karawane, die morgen fortgehen wird, wieder zurückkehrt und so viel mit bringt, daß wir das gewöhnliche Leben zum Teil wieder anfangen können. Wenn du die Herde nicht bald findest, so suche nicht sehr lange, sondern kehre um und komme noch bei Tage nach Hause, daß wir um etwas anderes umsehen können. Hörst du? Hast du alles wohl verstanden?«

»Ja,« sagte der Knabe, »ich werde die Herde schon finden.«

»Hast du aber auch etwas zu essen?« fragte Abdias.

»Ja, ich habe in der oberen Stadt ein Täschchen voll Weizen genommen«, antwortete der Knabe.

»Nun gut«, sagte Abdias.

Nach diesen Worten langte Uram einen Strick von einem Haken des Stalles herunter, wo er gewöhnlich zu dem Behufe des aufgetragenen Geschäftes hing, nahm noch einen langen Stab von sehr schwerem Holze und lief über das Trümmerwerk davon, das in großen Haufen von dem Stalle des Abdias gegen die Wüste hinaus ging.

Abdias sah ihm ein Weilchen nach, bis er die hüpfende Gestalt nicht mehr erblicken konnte. Dann wendete er sich um und begab sich wieder in seine Wohnung. Zum Mittagsmahle nahm er ein paar Hände voll Maiskörner und trank von dem warmen Wasser der oberen Zisterne. Mirtha ließ er eine Schale voll Milch von der Eselin nehmen und gab ihr von dem dürren Brode, das da war; denn das bessere war zum Teile weggenommen, zum Teile verschleppt und verschleudert worden, auch konnte wegen dem zu starken Austrocknen in der heißen Wüste niemals ein großer Vorrat auf einmal gebacken werden.

Den ganzen Nachmittag brachte Abdias damit zu, die Wohnung in einen solchen Stand zu setzen, daß sie von außen vor jedem nicht gar zu gewaltigen Angriffe gesichert war. Er schleppte die Lappen und was von guten Dingen zerrissen herum lag, in zwei Gemächer zusammen, die jetzt zur Wohnung bestimmt waren, das andere verrammelte er zum Teile, zum Teile band er es mit vorgefundenen Stricken zusammen, so daß es hielt und die Eingänge, die etwa zu den Gemächern sein könnten, verwahrt waren. Teilweise hatte er auch ganz neue Riegel angebracht, er hatte die Klammern und Arben mit guten Nägeln angenagelt. Als er fertig war, saß er auf der Steinbank und ruhte ein kleines Weilchen.

Die Schmerzen, welche von der gestrigen Mißhandlung durch die Soldaten herrührten, waren heute viel heftiger geworden, als sie gestern in der ersten Aufregung waren, und hatten den Körper weit ungelenker gemacht. Er war einige Male in den Keller gegangen, hatte von dem kostbaren kalten Wasser eine Schale voll genommen, hatte ein Tuch eingetaucht und sich mit demselben die Lenden und andere schmerzende Stellen befeuchtet.

Gegen Abend kam ein Bote, welcher von den Dienern und Dienerinnen, die sonst in Abdias' Hause waren, abgesandt war. Uram und Mirtha waren die einzigen, die sich wieder eingefunden hatten und bei Abdias den Tag über geblieben waren. Der Bote forderte im Namen der Leute, deren Kennzeichen er mitbrachte, den rückständigen Lohn, den sie trotzig begehrten, weil sie meinten, er sei nunmehr ein Bettler. Abdias sah die Forderungen an, und gab dann dem Boten das Geld, das er in lauter sehr kleinen Münzen aus dem schlechten Kaftane zog, den er nun an hatte. Er sagte, daß er die Nachbarn grüßen lasse, und daß er, wenn sie wollten, noch einige schlechte seidene Dinge um sehr billiges Geld zu verkaufen hätte, sie möchten morgen kommen, wenn es ihnen genehm wäre, etwas davon zu erstehen.

Der Bote nahm das Geld, ließ die Papiere, welche von Seite der Diener den Empfang bestätigten, in Abdias' Hand und ging fort.

Als schon die in jenen Ländern sehr kurze Dämmerung eingebrochen war, und als Abdias, welcher recht gut wußte, wie schnell eine sehr finstere Nacht auf sie folge, bereits mehrere Male über die Trümmer nach Uram ausgeschaut hatte, dessen Verirren in der gegenstandlosen

Wüste er fürchtete, kam der Knabe, als noch die letzten schwachen Strahlen leuchteten, hinter den dunkeln Mauerstücken, durch herabhängendes Buschwerk noch dunkler gemacht, hervor, den Hammel, welcher Widerstand leistete, mehr hinter sich herzerrend als ihn führend. Abdias gewahrte ihn bald, trat zu ihm hinzu und geleitete ihn zu dem Eingange des äußeren Gemaches, das in seine Wohnung führte. Dort war der Hammel angebunden, und nachdem Uram belobt worden war, wurde ihm ferner aufgetragen, daß er wieder die Hornlaterne anzünden und nach einem Manne, etwa dem Fleischer Asser, suchen möchte, welcher gegen Geld den Hammel schlachte und teile. Abdias war nämlich wegen der vielen Schmerzen, die er in seinem Leibe hatte, und die denselben immer ungefügiger machten, gleichsam als rieben sich die Muskeln, die er bewegen wollte, schmerzhaft an einander, oder als trotzten sie, nicht leicht im Stande, bei der Sache zu helfen, noch weniger aber, sie selber zu verrichten, wie er wohl sonst öfter getan hatte. Der Knabe zündete die Laterne an und eilte fort. Nach nicht gar langer Zeit kam er wieder zurück und führte den Fleischer Asser neben sich. Dieser trat zu Abdias ein, und als man nach einigem Handeln einig geworden war, erklärte er sich, daß er den Hammel schlachten, ausziehen und nach der gesetzmäßigen Art teilen wolle. Abdias nahm die Laterne, leuchtete gegen den Hammel hin, um dessen Zeichen zu sehen und sich zu versichern, daß er der seine sei und er nicht etwa einen fremden schlachte. Nachdem er über diesen Punkt in Richtigkeit war, sagte er, das Geschäft möge beginnen. Der Fleischer band sich das Tier, wie er es brauchte, legte es gegen eine Grube, in die das Blut abfließen konnte, und tötete es Dann zog er die Haut ab und teilte das Fleisch in Teile, wie es bedungen worden war, und wie es bei den Bewohnern der verwüsteten Stadt in Gebrauch gekommen. Der Knabe mußte ihm mit einer Kerze, die angezündet worden war, leuchten. Nachdem all das verrichtet war und der Fleischer, wie man ausgemacht hatte, die Eingeweide genommen und seinen Lohn erhalten hatte, mußte ihn Uram wieder mit der Hornlaterne in seine Wohnung zurück geleiten. Als er von diesem Gange abermals nach Hause gekommen war, verscharrten er und Abdias die blutige Grube mit Erde, taten dann Wasser, Reis und ein Stück Fleisch nebst Salz und Kräutern in einen Topf, machten Feuer und kochten das Ganze bei Kamelmist und einigen Resten von Myrtenreisigbündeln, welche nicht verbrannt worden waren. Als diese Speise bereitet war, aßen Abdias und der Knabe davon, und trugen auch Mirtha, welche immer innen bei dem Kinde sitzen geblieben war, einen Teil hinein. Zum Trinken bekamen sie Wasser aus der oberen Zisterne; denn das in dem Keller wurde gespart. Nachdem alles dieses vorüber war, ging Abdias zu dem äußern Eingange der Wohnung und verwahrte und verschloß ihn von innen, und nachdem er mit dem Knaben noch die Reste des Fleisches teils eingesalzen, teils frisch zum morgigen Gebrauche in die tief unter die Erde gegrabene Grube gebracht hatte, die zur Aufbewahrung von derlei Gegenständen da war, verschloß und verband er auch alle übrigen Türen, die in der Behausung waren, von innen, und die Bewohner dieser Gemächer begaben sich zur Ruhe. Wo sonst beinahe ein Gewühl von Dienern und Leuten gewesen war, schliefen nun statt vieler Menschen Abdias, der Knabe Uram, die Magd Mirtha und das kleine Kind Ditha. Judith war es nach Esthers Mutter genannt worden; Mirtha hatte es aber den ganzen Tag über mit der Verkleinerung Ditha angeredet. Abdias hatte sich auf dem Boden des Gemaches gebettet, in dem das Kind war, Mirtha schlief neben der Nische, in der Ditha lag, eine Lampe brannte in dem Zimmer, und im Nebengemache war die eingekaufte Eselin. Uram lag draußen im Vorgemache in trocknen Palmenblättern.

Als am andern Tage die Sonne aufgegangen war, kamen viele Nachbarn und wollten von Abdias die seidenen Sachen, von denen er ihnen hatte Meldung tun lassen, kaufen. Er lag von den vielen Schmerzen seines Körpers halb zurückgelehnt in einem Haufen Wüstenstroh. Uram hatte alle die Lappen, die ihm Abdias bezeichnet hatte, herbeigetragen und hatte sie aufeinander geschichtet. Es waren teils alte Kleider, welche von noch älteren, völlig unbrauchbaren heraus gesucht worden waren, teils waren es Überreste in größeren und kleineren Stücken Stoffes, mit dem er sonst gehandelt hatte, teils endlich waren es Fetzen seiner eigenen Geräte und Matten, welche von den Plünderern zerrissen und wegen ihrer Unbedeutenheit so wie die Stoffreste hingeworfen worden waren. Die Nachbarn handelten um alle Dinge, selbst die unbedeutendsten, und kauften alle Flecke, die ihnen Abdias vorlegte, ein. Als nach vielem Handeln und Herabdrücken der Preise alle Sachen verkauft und die dafür ausgedungenen Preise gezahlt waren, nahmen die Käufer ihr Erstandenes zusammen und gingen fort. Der übrige Teil des Tages verging wie der gestrige unter Verrichtungen zur Verbesserung der Lage. Abdias stand zu Mittage wieder auf, ging zu dem Landesflecke neben seiner Wohnung hinaus, wo er sonst seine Gemüse stehen hatte, und sah nach. Es war manches da, manches war wegen Nichtbeachtung zu Grunde gegangen. Was am besten den Himmelsstrich vertragen konnte, wollte er stehen lassen und besorgen. Er kargte sich ein wenig Wasser von der oberen Zisterne ab und befeuchtete die am meisten bedürftigen damit. Er glaubte, es um so eher tun zu können, weil die Regenzeit bevorstand und wieder Wasser bringen würde. Die Eselin versorgte er selber mit Heu, welches er aus der Mitte des Stockes heraus nahm, wo es am wenigsten von dem Brandgeruche des Hauses eingesaugt hatte. Er gab ihr Wasser, worunter sogar ein Teil des kühlen aus dem Keller gemischt wurde; er ließ sie durch Uram abends hinaus in die Luft führen und, während er selber dabei stand, von den verschiedenen Gräsern, Disteln und Gesträuchen fressen, die in dem Sande, dem Lehme und dem Schutte des Trümmerwerks wuchsen. Das schlechte Kamel, welches allein in dem Stalle stand, versorgte Uram. Draußen in der Herde, welche gemeinschaftlich der Wüste gehalten wurde, waren noch einige, aber wenige Tiere sein, diejenigen, welche in den Wohnungen der Trümmer waren, waren von den Plünderern fortgetrieben worden.

Nach wenigen Tagen kam ein Teil der fortgegangenen Karawane zurück und brachte solche Dinge und Sachen mit, welche zu dem täglichen Verkehre gehörten und dazu dienten, daß sie das Leben, wie es vor dem Einbruche der Plünderer geherrscht hatte, wieder nach und nach anfangen konnten. Abdias kaufte in den darauf folgenden Tagen allgemach ein, was er brauchte, und in kurzer Zeit stellte sich das tägliche Hin- und Herhandeln wieder ein, welches unter Menschen in einer Gemeinde notwendig ist, daß sie gesellig leben und ihren Zustand, er sei noch so niedrig, wie er will, einrichten können. Die Nachbarn wunderten sich nicht, daß Abdias Geld habe, und zwar mehr, als er durch den Verkauf der Waren gelöste haben konnte; denn sie selber hatten ja auch eins, das sie im Sande vergraben gehalten.

So verging gemach eine Zeit nach der andern. Abdias lebte still fort, an jedem Tage so wie an dem vorhergegangenen. Den Nachbarn fiel es auf, und sie dachten, er warte nur auf seine Zeit, welche den Augenblick bringen würde, an dem er sich für alle vergangenen Unbilden rächen könnte. Er aber stand in seiner Wohnung und betrachtete das kleine Kind. Es hatte winzige Fingerchen, die es noch nicht zu regen verstand, es hatte kleine, unkennbare Züge in dem unentwickelten Angesichtchen, das sich noch kaum zu entfalten begann, und in diesem Angesichtchen hatte es blaue Augen. Diese Augen standen in der sehr schönen Bläue offen, aber regten sich noch nicht, weil sie noch das Sehen nicht verstanden, sondern die Außenwelt lag gewaltig, gleichsam wie ein totgeborner Riese, darauf. Die blauen Augen waren Ditha allein eigentümlich, da weder Abdias noch Deborah blaue Augen hatten, sondern tief schwarze, wie es ihrem Stamme und jenem Lande, in dem sie lebten, eigen zu sein pflegt. Er hatte nie vorher besonders Kinder betrachtet. Dieses aber betrachtete er. Er reisete auch nicht fort, wie er sonst getan hatte, um Handel zu treiben und zu erwerben, sondern blieb immer da. Er dankte oft Jehova, daß er einen solchen Strom sanften Fühlens in das Herz des Menschen zu leiten vermöge. Wenn es Nacht war, saß er zuweilen wieder, wie er es früher auch getan, auf dem hochgetürmten Schutte seines Hauses, dort, wo die zerrissene Aloe stand, und betrachtete die Gestirne, die tiefen, funkelnden Augen des Südens, die hier täglich zahllos und feurig hernieder sehen Abdias wußte aus seinen unzähligen Wanderungen sehr gut, daß im fortlaufenden Jahre immer andere Sterne am Himmel prangen, der einzige Schmuck, der in der Wüste, wo keine Jahreszeiten sind, in dem einen Jahre hinum sich erneuert.

Endlich, nach sehr langer Zeit, kam auch der zweite Überrest der gleich nach der Zerstörung in die Welt hinausgeschickten Karawane. Die verbrannten und zerlumpten Leute derselben brachten alle Dinge, die man noch vollends brauchte; sie brachten Waren und Kleinode, um wieder damit zu handeln, und endlich brachten sie an die Eigentümer jenen Teil der von Abdias abgetretenen Summe, der eben zur Zeit des Karawanenzuges fällig gewesen war. Die Nachbarn waren nun zufrieden, sie achteten ihren Genossen Abdias, und dachten, wie er wieder hinaus ginge und Handel treibe, so würde er bald wieder so reich sein, daß er ihnen allen Schaden ersetzen könnte, den sie erlitten hatten, und den er ihnen doch eigentlich nur allein durch sein unvorsichtiges und kühnes Leben zugefügt hatte. Sie rüsteten bald wieder einen Zug, und gaben ihm alles mit, was zur Einrichtung eines Handels und Tausches, wie sie ihn vor der Plünderung zu führen gewohnt waren, nötig war. Abdias hatte an dem Unternehmen keinen Teil genommen. Es schien, als schütze er nur das kleine Wesen, welches noch kein Mensch, ja noch nicht einmal ein Tier war.

Die Regenzeit hatte sich indessen eingestellt, und wie es alljährlich bei derselben der Brauch war, verkroch sich alles in seine Häuser und Höhlen, was nicht unmittelbar von dem Lose getroffen war, hinaus in die Ferne zu müssen, um die Geschäfte zu besorgen. Die Zeit des Regens, wußten sie, so vorteilhaft sie ihren wenigen Gemüsestellen, dann den Gesträuchen und den Weideplätzen der Wüste ist, so nachteilig ist sie den Menschen, und erzeugt die in ihrer Lage und ihrem Wohnorte ohnedem so gerne hereinbrechenden Krankheiten. Auch Abdias mit seinen wenigen Untergebenen hielt sich so gut als möglich verschlossen.

Die Zisternen füllten sich und gingen über, die einzige Quelle, welche in der Stadt in einem tiefen Brunnen floß, und zu der alle Bewohner ihre Zuflucht nahmen, wenn die lange Dürre herrschte und jede Zisterne versiegt war, rauschte, und füllte fast den Brunnen bis oben; die Gesträuche und Gräser und Palmen troffen, und wenn wieder die einzelnen unsäglich heißen Blicke der Sonne kamen, freuten sich die Gewächse, wuchsen in einer Nacht ins Unglaubliche, und sie schauerten und zitterten gleichsam in Wonne, wenn das furchtbare Krachen des Himmels über ihnen rollte und sich fast täglich und stündlich in mehreren abwechselnden Stärken wiederholte. Der Schutt der Trümmer wurde zu Brei, die Felsenmauern wurden abgewaschen, oder sie so wie die kahlen und sandigen Hügel überzogen sich mit Grün, daß sie nicht mehr zu erkennen waren.

Nach einer Zeit hörten diese Erscheinungen allmählig wieder auf. Sie hörten in diesem Trümmerwerke um so eher auf, weil dasselbe in der Wüste gelegen war, in welcher sonst der viele ringsherumliegende Sand aus den Strahlen der Sonne eine solche Wärme brütete, daß sie jede Wolke, wenn sie nicht übermäßig dicht und wasserreich war, aufsaugte und in unsichtbaren Dunst lösete. Die dichten, hängenden, grauen Massen, aus welchen nur zu Zeiten weiße, wässerige, schimmernde Stellen leuchteten, und die die geschlungenen furchtbaren Blitze jenes Himmelsstriches brachten, wurden nach und nach höher, trennten sich, daß einzelne Ballen am Himmel standen, die sich dunkler und blauer färbten, weiße, schimmernde Ränder hatten und den klaren Äther und die scheinende Sonne in immer längeren Zeiträumen herabblicken ließen, – endlich war schon über dem Trümmerwerke und der Wüste ganz heiterer Himmel, nur daß am Rande draußen noch durch ein paar Wochen aus Dunkelblau und Weiß gemischte Ballen und Massen zogen, aus denen Blitze leuchteten; bis auch dieses allgemach aufhörte und der beginnende und nun fortdauernde reine Himmel und die reine Sonne leer und gefegt über dem funkelnden Geschmeide des regendurchnäßten Landes stand.

Die Scheibe der Sonne und die ewigen Sterne löseten sich nun täglich ab. An der Oberfläche des Bodens waren die Wirkungen des Regens bald verschwunden, er war dürr und staubig, daß die Bewohner an den Regen wie an ein Märchen zurückdachten; nur die tiefer gelegenen Wurzeln und Brunnen empfanden noch die Güte der unendlichen, zu einem aufzubewahrenden Schatze hineingesunkenen Menge des Wassers. Aber auch das minderte sich immer mehr und mehr, die kurzlebenden grünen Hügel wurden rötlich, und an vielen Stellen blickte Weiß aus ihnen hervor, was den täglich heiteren Himmel immer dunkler und blauer und die Sonne immer geschnittener und feuriger machte.

Abdias lebte zu dieser Zeit in seinem Hause immer fort wie seither. Der Augenblick zur Rache schien noch nicht gekommen zu sein.

Als aber seit dem Regen schon eine lange Zeit vergangen, als die flachen Hügel Sandes auch nicht mehr rot, sondern weiß waren, als die Hitze gleichsam blendend über dem Sande stand, trüber, rötlicher Schein an dem Gesichtskreise schwebte, jedes Lüftchen draußen, wenn das Auge in die Ferne dringen wollte, den sanften, undurchdringlichen Höhenrauch des Staubes führte, als die Trümmer, die Myrten und Palmen grau waren, die Luft täglich heiter, als sollte das ewig währen, und die Erde trocken, als sei Wasser ein in diesem Lande unbekanntes Gut – da das Mädchen Ditha recht gesund und stark war: ging Abdias einmal hinter sein Haus um die verdorrten Palmen und den Triumphbogen herum zu einer Stelle, die neben schwarzen, gleichsam versengten Steinen lag, und grub in der Abgelegenheit der Felsen, wo er wenig erblickt werden konnte, mit einer Handkelle im Sand und in der Erde. Es kamen, da er geschickt arbeitete, mehrere Goldstücke zum Vorscheine, und dann wieder mehrere. Er zählte sie. Dann grub er wieder, und fand noch manche. Als er sie, auf seinen Füßen sitzend, endlich noch einmal alle gezahlt hatte und wahrscheinlich genügend fand, hörte er zu graben auf und wühlte den trockenen Sand wieder über die flachen einzelnen, nicht gar großen Steine, unter denen eigentlich das Gold gelegen war, bis die Stelle aussah, als wäre nur jemand zufällig hier gewesen und hätte zufällig den Sand mit seinen Füßen in Unruhe gebracht. Er trat noch auf der Stelle mit seinen Sohlen hin und her, wie wenn jemand gestanden wäre, sich umgekehrt und nach verschiedenen Richtungen hinaus geschaut hätte. Dann ging er fort und ging ziemlich weit von hier zu einer andern Stelle, auf welcher er es eben so machte. Zu Mittag ging er nach Hause, um etwas zu essen. Dann ging er sogleich wieder hinaus, suchte noch mehrere solche Plätze, und tat an jedem wie an dem ersten. Wo ihm der Sand, von dem Winde angeregt, große Hügel über den Schatz gelagert hatte, grub er immer fort, wie viel Zeit auch dabei vergehen mochte, er häufte Berge Schutt neben sich an, kniete tief in demselben und sah nach – und überall kam ihm das edle, von keinem Roste angegriffene Gold entgegen, wie er es zur Aufbewahrung anvertraut hatte. Gegen Abend kam er rückwärts um den hochgetürmten Schutt auf seinem Hause, von dem wir öfter gesprochen haben, heran. Er schien mit seiner Arbeit fertig zu sein. Er stieg auf den Gipfel hinauf und sah herum – und nachdem er die unendliche Leere, gleichsam als müßte er von einem Paradiese scheiden, lange angeschaut hatte, stieg er nieder, ging in seine Gewölbe und begab sich bald zur Nachtruhe.

Am andern Tage, als das Licht anbrach, sagte er zu Uram: »Lieber Knabe, gehe hinaus in die Wüste, ob du nicht die Herde finden kannst, zähle die Hammel und die andern Tiere, die mein gehören, und komme dann und sage, wie viel ich noch habe.«

Der Knabe richtete sich und ging fort.

Abdias aber, als er den Knaben nicht mehr sah, begab sich in das Gemach, in welchem Deborah gestorben war, und in welchem sie ihm die kleine Ditha geboren hatte. Dort sperrte er sich ein, so gut er konnte, daß Mirtha nicht herein käme und auch kein Nachbar ihn etwa zufällig besuchte. Als er sich so versichert hatte, ging er in die anstoßende Höhle – denn das Gewölbe war eigentlich ein Doppelgemach –, zog kleine, spitzige eiserne Brechwerkzeuge aus seinem Busen heraus, näherte sich einer Ecke der Mauer und begann dort einen der Steine aus seinen Fugen zu lösen. Als ihm dieses gelungen war, zeigte sich hinter dem herausgenommenen Steine in dem dicken Mauerwerke eine Höhlung, in welcher ein flaches Kästchen aus Kupfer stand, ganz mit Grünspan überzogen. Er nahm das Kästchen heraus und öffnete den Deckel. Im Innern lagen, in Seide und Wolle eingewickelt, einige Papiere. Er nahm sie heraus, setzte sich nieder und zählte sie einzeln auf seinen Kaftan. Sodann legte er sie zusammen auf eine Stelle hin, zog eine hölzerne Büchse aus seiner Tasche, in welcher der Staub eines geschmeidigen, seifenförmigen Steines war, und rieb mit dem Staube jedes Papier so lange, bis es nicht mehr rauschte. Dann tat er sie einzeln jedes in ein flaches Täschchen von feiner, wasserdichter Wachsseide und nähete die Täschchen an verschiedenen Stellen seines Kaftans ein, der mit vielen und allerlei Flecken bedeckt war. Als er dieses Geschäft zu Ende gebracht hatte, legte er das leere Kästchen, die Brechwerkzeuge und die Büchse, in der der geschmeidige Staub gewesen war, in die Höhlung der Mauer und fügte den herausgenommenen Stein mit seinen Händen wieder ein. Die Fugen verklebte er mit einer eigenen Art von Mörtel, der sehr schnell trocknete, die Farbe der Mauer hatte und machte, daß man die bestrichene Stelle von jeder andern nicht unterscheiden konnte.

Da diese Dinge vollendet waren, machte er die Türen wieder auf und ging hinaus. Die Zeit neigte sich bereits gegen Mittag. Er aß ein wenig und gab auch Mirtha zu essen. Hierauf begab er sich in das Gemach, in welchem die Eselin stand, und schirrte dieselbe vollständig zu einer Reise an Er erklärte dann Mirtha, daß er fort ziehen wolle, um einen andern Wohnplatz zu suchen, sie möchte sich richten und zu der Reise in Bereitschaft sein. Das Mädchen willigte ein und begann sogleich, weil er sagte, daß es sein müsse, sich und das Kind zu dem Zuge so zu richten, wie sie es am zweckdienlichsten erachtete. Das hagere Kamel hatte Abdias schon mehrere Tage vorher verkauft, damit seine Nachbarn nicht glaubten, daß er Geld habe. Er zog also nach einer Stunde die Eselin hervor, hob Mirtha, die sich vollständig ausgerüstet hatte, auf dieselbe hinauf, gab ihr das Kind und führte sie fort. Sie zogen durch verschiedene Teile der Trümmerstadt, die nicht bewohnt waren, hin und her, an hohen Klumpen vorüber, von denen Kräuter und dürre Stängel herab schauten, bis sie endlich an dem Rande der Stadt ankamen. Dort führte sie Abdias über graue Rasen und Steppen, dann über Flächen, und endlich in einer geraden Linie in das ebene Land, in welchem kein Gras war und unendlich viele kleine Steinchen am Boden lagen. Hier ging er darüber, und bald hatte sie die rote goldene Sandluft der Wüste eingeschlungen, daß sie von der Trümmerstadt nicht mehr hätten gesehen werden können, so wie sie den grauen Streifen der Stadt nicht mehr sahen.

Abdias hatte sich Sohlen auf die Füße gebunden und leitete die Eselin an dem ledernen Riemen hinter sich her. Für sich und Mirtha hatte er die Büchse mit dem verdichteten Brühstoffe eingesteckt, nebst Weingeist und Geschirre, um zu kochen: das Tier trug Wasser und sein Futter. Den ursprünglich weißen Arabermantel, der aber jetzt vom Schmutze völlig vergelbt war, nahm er selber auf seine Schultern, eben so trug er einen Bündel gedörrter Früchte, damit die Eselin nicht zu sehr überladen wäre. Seitens Mirthas, auf der Gegenseite, damit das Gleichgewicht des Sattels hergestellt sei, war ein Körbchen angebracht, darin ein Bettlein war, daß man das Kind, wenn es für Mirtha zu schwer würde und derselben die Arme weh täten, hinein legen könne. Über das Körbchen war ein Schirmtuch zu spannen.

Die Eselin ging geduldig und gehorsam in dem Sande, der ihre Hufe röstete. Abdias reichte ihr mehrmals Wasser, auch mußte sie einmal, da die mitgenommene Milch in der Hitze des Tages sich zu säuern begann, für Ditha gemolken werden.

So zog man fort. Die Sonne senkte sich nach und nach dem Rande der Erde zu. Mirtha redete nichts, da sie den Mann Abdias haßte, weil er sein Weib umgebracht hatte. Er schwieg auch beständig und ging vor der Eselin her, daß ihm die Haut von den wunden Füßen hing. Zuweilen sah er nur in das Körbchen hinein, in welchem das Kind schlief, und sah, ob noch der Schatten auf dem Gesichtchen desselben wäre.

Als es Abend wurde und die Sonne als eine riesengroße, blutrote Scheibe an dem Rande der Erde lag, die sich gleichfalls als ein vollkommenes flaches Rund aus dem Himmel schnitt, wurde Halt gemacht, um die Nachtruhe zu genießen. Abdias breitete ein großes Tuch aus, welches unter dem Sattel auf dem Rücken der Eselin lag, ließ sich Mirtha auf das Tuch setzen, stellte das Körbchen mit dem Kinde daneben, und gab den weißen Mantel her, daß sich beide damit zudecken könnten, wenn die Nacht gekommen wäre und sie schlafen würden. Dann tränkte er die Eselin und legte ihr Heu vor, auch einige Händevoll Reis hielt er in Bereitschaft, um sie ihr später zu geben. Hierauf packte er seine Kochvorrichtungen aus, das heißt eine Weingeistlampe, eine Wasserkanne und den Brühestoff. Als er angezündet, Wasser gehitzt und die Suppe bereitet hatte, gab er Mirtha zu essen, aß selber, trank von dem schlechten lauen Wasser des Schlauches und gab Mirtha zu trinken. Zum Nachtische wurden einige der getrockneten Früchte aus dem Sacke genommen. Da alles dieses geschehen war, legte sich Mirtha zur Ruhe, beschwichtigte das im ganzen heutigen Tage erst jetzt zum ersten Male weinende Kind, und in kurzem schliefen beide fest und gut. Abdias benützte, als er gegessen hatte, den noch kleinen Überrest der Tageshelle, um einige von den Goldstücken, welche er gestern aus dem Sande ausgegraben hatte, in die Pistolenhalfter und in den Sattel, der einige kleine Höhlungen in dem Holze hatte, zu tun und zuzunähen. Er tat die Münzen in gehöhlte Stellen, wo sie sich nicht rühren und nicht klappern konnten, und heftete alte Leberflecke darauf, oder er trennte hie und da das schon vorhandene Flickwerk und schob die Geldstücke hinein, worauf er das Getrennte wieder herstellte. Als bei diesem Geschäfte die Nacht hereinbrach und schnell ihre in jenen Ländern so tiefe Dunkelheit auf die Erde breitete, legte er alles seitwärts und rüstete sich zur Ruhe. Er breitete vorerst noch ganz einhüllend den Mantel über Ditha und Mirtha, daß sie vor den giftigen Dünsten der Wüste beschützt würden. Sodann legte er sich selber auf den bloßen Sand nieder, den Kaftan, den er ausgezogen und mit dem er sich zugedeckt hatte, über sein Gesicht ziehend. Um den einen Arm hatte er den Riemen der Eselin geschlungen, welche müde war und sich gleichfalls schon in dem Sande nieder gelegt hatte. An dem andern lagen handrecht zwei Pistolen, jede vierläufig, die unter Tags in dem Halfter gesteckt waren, und die er auf alle Fälle zu sich nahm, obwohl in diesem weiten Sande weder Tiere und kaum auch Menschen zu fürchten waren.

Die Nacht verging ruhig, und mit Anbruch des nächsten Tages wurde die Reise fortgesetzt. Abdias war, als sich der erste Saum des leeren Himmels in Osten anzündete, aufgestanden, hatte das Heu und die Lappen, die er auf das Riemwerk gebreitet hatte, daß es sich nicht nässe und dann in der Hitze leide, weggeräumt und gesammelt, worauf er dann Kola, die Eselin, sattelte und alle die andern Dinge an ihren Platz tat. Nachdem er und Mirtha gegessen hatten und Ditha mit der Milch des Tieres getränkt worden war, brach man auf.

Ehe noch ein kleiner Teil dieses ihres zweiten Reisetages vergangen war, standen schon die blauen Berge, Abdias' nächstes Ziel, sehr groß und deutlich an dem Rande der Wüste, aber sie standen stundenlange so klar und deutlich da, ohne daß es schien, daß man sich ihnen nur zollbreit genähert hätte. Abdias hatte für seinen Zweck mit Absicht einen Weg eingeschlagen, der zwar ein bedeutend längerer war als jeder andere, aber den Vorteil hatte, daß er kürzere Zeit in der Wüste führte, indem er nur eine Bucht derselben durchschnitt und gegen die benannten blauen Gebirge zulief. Abdias hatte dieses getan, um die Wüstenluft zu vermeiden, die Mirtha und Ditha noch nie geatmet hatten. Aber nicht bloß durch einige Stunden standen die wunderschönen, blauen, lockenden Berge aufrecht vor ihnen am Rande der Ebene, gleichsam zum Greifen nahe, sondern sie standen den ganzen Tag so, obwohl man sich ihnen in gerader Richtung näherte, und änderten weder ihre Farbe noch ihre Größe. Erst da das kurze Abenddämmern jenes Himmelsstriches kam, erreichte man zwar nicht sie selber, wohl aber ein grünes Eiland, gleichsam ein Vorland derselben, auf welchem für Kola, die Eselin, frische Pflanzen, für alle drei aber eine klare Quelle war. Als man sich auf die Insel begeben und dort, was sie bot, namentlich das kühle Wasser, genossen hatte, zog Abdias die Reisegesellschaft wieder zurück gegen die Wüste und ließ sie auf einem Platze zum Nachtlager stille halten, auf welchem Sand war und Disteln und Kaktuspflanzen in großen Zwischenräumen zerstreut standen. Er tat dieses des Taues willen, der auf Wüsteninseln in sehr großer Menge zu fallen pflegt und für diejenigen, die dort unter freiem Himmel schlafen, ungesund ist Er machte genau die nämlichen Vorbereitungen wie in der vergangenen Nacht, und verbarg den noch übrig gebliebenen Rest der Goldstücke in jene Stellen des Sattels, der Gurten und des andern Geschirres der Eselin, welche zu diesem Zwecke noch da waren. Einen Teil des Goldes aber steckte er zu sich in verschiedene Fächer seiner Kleider, daß, wenn Räuber über ihn kämen, sie dasselbe fänden und in der Meinung, daß es sein gesamtes Geld sei, nicht weiter suchten. Wie in der vergangenen Nacht legte er sich wieder auf den bloßen Sand und schlief.

Da der Morgen dämmerte, wurde er, der heute viel besser geschlafen hatte als gestern, durch seltsame Töne geweckt. Es war ihm, als träumte er sich um dreißig Jahre zurück, als läge er mit seinem Haupte wieder an dem Halse seines Kameles und höre das Schnaufen desselben, mitten in der ringsum ruhenden Karawane liegend. Er rieb sich seine von dem feinen Wüstensande schmerzenden Augen, und da er sie öffnete, sah er wirklich ein Kamel vor sich stehen, das der Morgenglut der Wüste entgegen schnaufte und seinen kleinen Kopf hoch gehoben hatte. Auch einen Mann erblickte er, einen Schlafgenossen, den sie in der Nacht bekommen haben mußten. Derselbe lag auf dem Boden im tiefsten Schlafe begraben und den Riemen des Kameles um seinen Arm geschlungen, wie es Abdias gerne machte. Abdias sprang empor, ging näher gegen die Gruppe der zwei Wesen, die in einer kleinen Entfernung von ihm war, und da er hinzu gekommen, traute er seinen Augen kaum – es war der furchtbar abgehetzte Knabe Uram, der da vor dem Kamele auf dem Boden lag. Derselbe schlief auf dem Rücken liegend und das Antlitz gerade gegen den Himmel empor zeigend. Dieses Antlitz, das sonst so jugendlich heiter und frisch war, war aber jetzt so entstellt, als sei der Knabe in diesen zwei Tagen um zehn Jahre älter geworden. Als ihn Abdias aufgeweckt hatte und die inzwischen aufgestandene Mirtha auch herzu gekommen war, erfuhr man den Zusammenhang der Sache. Da der Knabe die Herde gefunden und unter den vielen Tieren, die den Bewohnern der Trümmerstadt gehörten, die des Juden Abdias gezählt und, um keine Irrung zu begehen, noch einmal gezählt hatte, ging er wieder nach Hause, indem er auf dem Wege das Brod und die Datteln aß, die er sich als Mittagsmahl mitgenommen hatte, und die herausbekommene Zahl, damit er sie nicht vergäße, immer wiederholte. Zu Hause, wo er nachmittag angekommen war, habe er seinen Herrn Abdias gesucht – er suchte ihn in allen Gewölben, in dem Stalle, bei dem Heue, bei den Zisternen, an der Aloe – und fand ihn nicht; erst, als er auch bemerkte, daß Mirtha und Ditha ebenfalls fehlen und die Eselin auch nicht da sei, sei ihm Abdias' Auswanderung klar geworden. Er habe nun dem Juden Gad ein Kamel gestohlen und sei nachgejagt. Zuerst hat er die Spuren der Eselin gesucht und dieselben wirklich in den Tälern zwischen den Trümmern gefunden, wie sie in Umwegen gegen die Wüste hinausgingen. Dann erst hat er das Kamel genommen, ist darauf gestiegen und zu dem Punkte in aller Schnelligkeit hin geritten, wo die Spur in die Wüste mündete. Allein so deutlich die Tritte des Hufes, dessen kleine Gestalt er recht gut kannte, in dem Trümmerwerke und vorzüglich auf lockerem Grasboden waren, so sehr waren sie in dem weichen Sande der Wüste verschwunden. Er sah gar nichts mehr, das einem Tritte ähnlich war, sondern nur die feinen Schneiden des gewehten

Sandes, und da mußte er gegen die mutmaßliche Richtung zu beiden Seiten immer hin und her jagen, ob er auf der fahlen Fläche, die da schimmerte und noch unzählig viele andere Sternchen und Flimmerchen hatte, die glänzten, nicht einen schwarzen Punkt sähe, der die Hinziehenden vorstelle, oder etwa zufällig die Reisespuren wieder fände. Dann sei er so durstig geworden und so erhitzt, daß er nichts mehr sehen konnte, weil der Boden vor seinen Augen zu wallen angefangen habe. Hierauf habe er sich mit beiden Händen an dem Kamele gehalten weil es doch viel stärker gewesen sei als er – und dieses sei heute nachts geraden Weges hierher gerannt. Es muß die Reisenden oder die Quelle gewittert haben; denn es hat, ehe sich beide zur Ruhe begeben, eine ungeheure Menge Wasser aus der Quelle getrunken.

Abdias streichelte die Haare und das Angesicht des Jünglings und sagte, er dürfe nun schon bei ihm bleiben. Dann bereitete er die Suppe und gab ihm zu essen. Auch von den Früchten reichte er ihm einen kleinen Teil und sagte, er solle wenig essen, daß es ihm nicht schade; denn nach seiner Rechnung mußte der Knabe an fünfzig Stunden nichts genossen haben. Dann ließ Abdias die beiden Tiere, das Kamel und die Eselin, von dem frischen Futter, welches auf der Insel war, so viel fressen, als er glaubte, daß ihnen zuträglich sei, die eigentlich mehr an das trockene Futter gewohnt waren. Von diesem trockenen Futter bekamen sie dann noch einen geringen Rest; denn es mußte jetzt geschont werden, weil Uram gar keinen Vorrat mit sich genommen hatte und das Land und die Gebirge noch ferne waren, wo man wieder einen bekommen konnte.

»Hast du denn nicht daran gedacht, daß das Kamel matt werden und dich nicht mehr weiter tragen könnte, ehe du uns fändest?« fragte Abdias.

»Freilich habe ich daran gedacht,« antwortete der Knabe, »deshalb habe ich es so lange trinken lassen, als es nur wollte, ehe ich fort ritt, auch habe ich ihm von den Körnern zu fressen gegeben, die in unserer Wohnung lagen, und wovon du einen Teil ausgeschüttet hast.«

»Hast du einem unserer Nachbarn gesagt, daß du die Meinung gefaßt hast, daß ich fortgezogen sei?« fragte Abdias weiter.

»Nein, ich habe keinem Menschen ein Wort gesagt, daß sie uns nicht nachfolgen und uns etwa finden«, sagte der Knabe.

»Gut«, antwortete Abdias, indem er an der Aufzäumung der Eselin weiter arbeitete.

Uram hatte indessen die elende Ausrüstung, die das Kamel hatte, in den Stand gesetzt, dessen sie fähig war. Man traf die Verabredung, daß Abdias und der Knabe, je nachdem einer oder der andere von ihnen müder würde, in der Benützung des Kameles abwechseln sollten. Mirtha und Ditha wurden auf der Eselin untergebracht wie gewöhnlich. Als alles in Ordnung war, brachen sie auf. So zog nun die auf diese Weise vergrößerte Reisegesellschaft weiter, und wie die ersten zwei

Tage gewesen waren, waren alle folgenden. Nachdem man von der Insel weg noch drei volle Tage gezogen war, kam man erst in fruchtbares Land und in das gegen sie heranschreitende Gebirge. Abdias hatte hier in ein einziges schlechtes Dorf abgelenkt, um sich dort mit allem Nötigen zu versehen, was man brauchte, und was auszugehen drohte. Dann bog er wieder gegen die Einöden ab, die hier ganz anders waren als in der Wüste, aber gewiß nicht minder schön, erhaben und furchtbar. Die Menschen, Hütten und Dörfer meidend, zog man weiter, entweder durch Schluchten, oder auf einsamen Bergrücken, oder gegen sachte steigendes, mit würzigem Grase versehenes Staffelland. Die Vorsichten, welche man im Weiterziehen und hauptsächlich beim Nachtlager anwendete, waren jetzt weit mehr als in der Wüste. Abdias hatte auch den Knaben bewaffnet; denn er hatte in dem Rüstzeuge der Eselin weit mehr Waffen in Fächern angebracht, als die zwei vierläufigen Pistolen, die er bisher in der Wüste bei seinem Nachtlager immer an seiner Seite gehabt hatte. Er trug jetzt bei Tage vier Pistolen in seinem Gürtel und hatte einen schuhlangen Dolch in der Gürtelscheide stecken. Dem Knaben gab er drei Pistolen und ebenfalls einen Dolch. Jeden Morgen wurden die Ladungen neu untersucht und neu gemacht. Bei der Nachtruhe lagen die Pistolen neben den Schlafenden; die Kleider blieben, wie natürlich ist, auf dem Leibe. Auch wurde jetzt alle Nacht zur Verscheuchung der Löwen und anderer Tiere ein Feuer gemacht, wozu die Brennstoffe mühselig unter Tag gesammelt und auf dem Kamele weiter befördert wurden. Zur Unterhaltung des Feuers und zur Wache mußten Abdias und der Knabe abwechseln, und immer einer aufrecht an dem Feuer sitzen und herum schauen.

Aber es traf keine der gefürchteten Gefahren ein. Die Nächte vergingen still und lautlos, mit den feurigen, scharfen Sternen aus dem dunkelblauen Himmel jenes Landes hernieder schauend, die Tage waren schimmernd und heiter, und jeder so schön und wolkenlos, oder scheinbar noch schöner und klarer als sein Vorgänger. Die Glieder der Gesellschaft waren wohl, die kleine Ditha war gesund, und die freie Luft, welche immer unter dem Tüchelchen ihres Körbchens strich, rötete ihre Wänglein, wie an einem zarten Apfel. Man hatte auf dem Zuge weder Menschen noch Tiere gesehen, manchen einsamen Adler ausgenommen, der zuweilen, wie sie weiter gingen, hoch ober ihnen in den leeren Lüften hing. Es hatte sie ein schönes Glück geleitet, gleichsam als zöge ein glänzender Engel über ihren Häuptern mit.

Am frühen Morgen des neunundzwanzigsten Tages ihres Zuges, da sie über eine strauchlose, sachte ansteigende Fläche zogen, riß plötzlich die Farbe des Landes, die lieblich dämmernde, die sie nun so viele Wochen gesehen hatten, ab, und am perlenlichten Morgenhimmel draußen lag ein unbekanntes Ungeheuer. Uram riß die Augen auf. Es war ein dunkelblauer, fast schwarzer Streifen, in furchtbar gerader, langer Linie sich aus der Luft schneidend, nicht wie die gerade Linie der Wüste, die in sanfter Schönheit, oft in fast rosenfarbner Dämmerung unerkennbar in dem Himmel lag; sondern es war wie ein Strom, und seine Breite stand so gerade empor, als müßte er augenblicklich über die Berge herein schlagen.

»Das ist das Mittelmeer,« sagte Abdias, »jenseits dessen das Land Europa liegt, in welches wir ziehen.«

Seine zwei Gefährten staunten das neue Wunderwerk an, und je weiter sie kamen, desto mehr entfaltete sich der vorher schmal scheinende Strom, Farben und Lichterspiele waren auf ihm, und am Mittage desselben Tages, als sie an dem Rande des Tafellandes angekommen waren, riß die feste Erde jäh ab, sie stürzte vor ihnen hinunter und legte in der Tiefe die Fläche des Meeres vor ihre Füße. Ein dunkler, waldreicher Streifen der afrikanischen Küste lief an dem nassen Saum hin, eine weiße Stadt blickte aus ihm auf, und unzählige weiße Punkte von Landhäusern waren in dem Grün zu sehen, gleichsam Segel, die aus dem Grün eben so wie die andern aus dem schreckhaft dunklen Blau des Meeres leuchteten.

So schön ist der Scheidegruß, den das traurige Sandland seinem Sohne nachruft, der es verläßt, um die feuchten Küsten Europas aufzusuchen.

Abdias stieg mit den Seinigen in die Stadt hinunter, aber nicht in der eigentlichen Stadt hielt er sich auf, sondern weiter draußen, wo ein weißer Damm in die blauen Wogen lief, viele Schiffe standen und ihr Stangenwerk, wie die Äste eines dürren Waldes, in die Lüfte hoben. Hier mietete er sich in ein Häuschen ein, um zu warten, bis ein Schiff reisefertig wäre, nach Europa zu gehen und ihn mitzunehmen. Er ging fast gar nicht aus, außer wenn er sich in dem Hafen erkundigte, und Uram blieb immer bei ihm. Das Kamel hatten sie verkauft, weil es ihnen fortan unnütz war, die Eselin aber mußte in dem Häuschen untergebracht werden. So lebten sie sehr abgeschieden drei Wochen, bis eines Tages ein Schiff ausgerüstet war und im Begriffe stand, nach Europa abzugehen, und zwar nach dem Punkte, wohin Abdias am meisten zielte. Er hatte mit dem Herrn desselben eine Übereinkunft getroffen, und in Folge derselben schiffte er sich mit dem Kinde, mit Uram und mit der Eselin auf das Fahrzeug ein. Mirtha hatte ihn einer Liebe halber, die sie in der weißen Stadt gefunden hatte, verlassen, und war nicht zu bewegen gewesen, ihm zu folgen. Auch eine andere Wärterin hatte er nicht bekommen; denn wie große Anbote er auch machte, die er in Europa zahlen wollte, sobald sie angekommen sein würden, mochte doch keine einzige mit ihm gehen, weil sie ihm nicht traute. Selbst auf das Schiff, wo er dann Geld zu zahlen versprach, folgte ihm keine, und auf dem Lande Geld zu zeigen, hielt er selber nicht für gut; auch wußte er recht wohl, daß es nur dazu gedient hätte, daß ihn dann nur ein solches Weib verraten hätte, ohne doch mit zu gehen, weil er diese Leute kannte, daß sie an ihrem Flecke Aufenthaltes, wie schlecht er sei, haften, und in keinen andern, am wenigsten in das verdächtige und gehaßte Europa gehen, wo die Ungläubigen wohnen. Also stieg er allein mit Uram zu Schiffe.

Als endlich der Zeitpunkt der Abfahrt gekommen war, und als sie beide auf dem schwimmenden Hause standen, wurden nun die großen eisernen Anker aus dem Wasser hervorgezogen, die Waldesküste begann vor ihnen zu schwanken und zurück zu sinken. Wie sie immer mehr hinaus rückten, kam weiter unten noch ein Küstenstrich zum Vorscheine, aus welchem das weiße Haus Meleks leuchtete. Abdias schaute darauf hin, aber wie der Streifen der Küste immer weiter und weiter zurückwich, das Land endlich gleichsam wie ein törichtes Märchen eingesunken war, und um das ganze Schiff sich nichts regte als die Wellen, wie unzählige glänzende Silberschuppen: saß er nieder und versenkte die Augen in die Züge seines Kindes.

Das Schiff ging nun fort und fort – und er saß und hielt das Kind in seinen Armen. So oft diejenigen, die noch mit reiseten, hin blickten, sahen sie dasselbe Bild des Mannes, wie er saß und das Kind auf seinen Armen hielt. Er stand bloß dann auf und ging abseits, wenn er es nährte, oder reinigte, oder den Lappen, in die es eingewickelt war, eine andere Lage gab, daß es leichter liege. Uram lag zwischen hingeworfenen hölzernen Geräten und neben einem gerungenen kreisförmigen Haufen von Tauen.

Es gibt Menschen, die vielerlei lieben und ihre Liebe teilen – sie werden von vielen Dingen sanft gezogen: andere haben nur eines, und müssen das Gefühl dafür steigern, daß sie die übrigen tausend linden Seidenfäden des Wohles entbehren lernen, womit das Herz der erstern täglich süß umhüllet und abgezogen wird.

Abdias und Uram waren immer auf dem Verdecke. Die Fahrt war sehr schön, der Himmel stets heiter, und ein sanfter Zug spielte in den Segeln. Wenn ein Wölklein an dem Himmel erschien, sahen die Reisenden darauf hin, ob es nicht einen Sturm bringen werde – aber es brachte keinen, das Wölklein verschwand immer wieder, ein Tag war so ruhig wie der andere, die Wellen waren klein, als dienten sie bloß, die Fläche, die sonst eben wäre, zu unterbrechen und heiter zu beleben – – und so lag eines Nachmittags die schimmernde, freundliche Küste Europas auf dem blauen Wasser – die Küste Europas, nach welchem Lande Abdias sich einst gesehnet hatte. Mit schmeichelnden Wogen trug der Ozean das Schiff, während die Sonne gemach nach Westen sank, dem nördlichen Lande immer näher und näher – ein glänzender Punkt nach dem andern hob sich aus der dunkeln Fläche, leuchtende Streifen standen endlich aufwärts, und als die Sonne zuletzt hinter den Westrand gesunken war, lag ein ganzer Gürtel von Palästen um die schwarze Bucht geschlungen.

Das Schiff mußte nun vor seinen Ankern liegend harren und seine Menschen und seine Sachen behalten, bis die Zeit um wäre, in der es sich zeigen sollte, daß es keine böse Seuche gebracht habe.

Als nun diese Zeit vergangen war und die Menschen und die Waren gelandet wurden, wunderten sich einige, und andere lachten, als ein hagerer, häßlicher Jude über das Brett des Bootes schritt, statt Päcken von Waren ein kleines Kind an seinem Busen tragend, und wie hinter ihm ein fast nackter, gelenker Knabe, gleichsam ein schönes dunkles Erzbild, folgte, eine halb verhungerte Eselin nach sich ziehend; – auf allen dreien lag dasselbe Grau der Wüste und der Ferne, wie auf den Tieren der Wildnis eine fremde, verwitterte Farbe zu liegen pflegt. Einen Augenblick staunten die vielen, die da standen und zuschauten, die Fremdlinge an – im nächsten waren dieselben von dem Strome des menschenwimmelnden Weltteiles verschlungen und in seinen Wogen fortgeführt. Das Bild zeigte wieder sonst nichts, als was es den ganzen Tag zeigt: eine unruhige, durcheinander gehende Menge, die nach ihrem Vorteil, nach ihrer Lust oder nach andern Dingen rennt, umstanden von den ruhigen, großen, glänzenden, oft prachtvoll gebauten Häusern.

Wir aber wollen den fremden Ankömmlingen einen Augenblick voraus eilen, um die Stelle anzuzeigen, wo wir sie wieder finden werden.

Es liegt ein sehr vereinsamtes Tal in einem fernen und abgelegenen Teile unsers schönen Vaterlandes. Sehr viele werden das Tal nicht kennen, da es eigentlich nicht einmal einen Namen hat und, wie wir sagten, so sehr vereinsamt ist. Es führt keine Straße durch, auf der Wägen und Wanderer kämen, es hat keinen Strom, auf dem Schiffe erschienen, es hat keine Reichtümer und Schönheiten, um die Reiselust zu locken, und so mag es oft Jahrzehnte da liegen, ohne daß irgendein irrender Wanderer über seinen Rasen ginge. Aber ein sanfter Reiz der Öde und Stille liegt darüber ausgegossen, ein freundlich Spinnen der Sonnenstrahlen längs der grünen Fläche, als schienen sie mit vorzugsweiser Liebe und Milde auf diesen Ort, da er gegen Mitternacht durch einen starken und breiten Landrücken geschützt ist und so die Strahlen günstig aufnimmt. Zur Zeit, da sich das zutrug, was wir hier erzählt haben, war das Tal ganz und gar unbewohnt: jetzt steht ein nettes weißes Haus auf seinem Weidegrunde, und einige Hütten rings herum, sonst ist es noch fast öde wie vorher. Einst war nur der weiche Rasengrund, beinahe ganz ohne Bäume, nur hie und da von einem grauen Steinblocke unterbrochen. Der Rasengrund schwingt sich zu einer sanften Wiege herum, die, wie wir sagten, gegen Mitternacht durch einen ansteigenden Landrücken geschlossen ist, auf dessen Höhe ein Föhrenwald, wie ein mattes Band, am Himmel hin zieht; im Mittage aber hat es eine Aussicht, die durch das hereinschauende Blau entfernter Berge umschlungen ist. Sonst bietet die Wiege auf ihrem Grunde nichts dar als das Grün des Bodens und das Grau der Steine; denn die schmale Schlange des Baches, der in ihrer Tiefe fließt, ist dem betrachtenden Auge von mäßiger Entfernung aus nicht mehr sichtbar.

An der Mitternachtseite dieses Tales, jenseits des Föhrenwaldes, beginnen wieder die von Menschen gepflegten Gegenden, namentlich stehen die Felder gerne in großen Strichen hin mit der blauen Blume des Flachses bepflanzt. Auch gegen Mittag in nicht gar großer Entfernung sind wieder bebaute Fluren. Nur die Talwiege, wie das oft bei Landbebauern geschieht, weil sie in der Tat dem Anbauer größere Hindernisse entgegen setzte, stand im Rufe der gänzlichen Unfruchtbarkeit. Es ward nie ein Versuch gemacht, zu ergründen, ob sich dieser Ruf bestätige, sondern man nahm ihn von vorne hinein als wahr an, und so lag die Wiege Jahrhunderte hindurch unbenützt da. Es ging nur ein sehr schmaler, an den meisten Stellen bloß durch das niedergetretene Gras erkennbarer Pfad durch das Tal, auf welchem Pfade regelmäßig im Frühlinge und Herbste einzelne Bewohner eines ziemlich entfernten Bergdorfes zu einer weit jenseits des Tales liegenden Gnadenkirche pilgerten, weil zur Kirche durch das unfruchtbare Tal der nächste Weg ging.

Als Abdias in sehr vielen Ländern Europas herumgewandert war, um eine Stelle zu finden, an der er sich niederlassen könnte, und zufällig auch in das oben beschriebene Tal kam, beschloß er sogleich, hier zu bleiben. Was die meisten abgeschreckt hatte, das Tal zur Wohnung zu nehmen, die Öde und Unfruchtbarkeit: das zog ihn vielmehr an, weil es eine Ähnlichkeit mit der Lieblichkeit der Wüste hatte. Vorzüglich erinnerte ihn unsere beschriebene Wiege an einen Talbogen, der im Grase Mossuls seitwärts jener Stelle herum ging, an der der Sage nach die uralte Stadt Ninive gestanden haben soll. Der Talbogen hatte ebenfalls wie unsere Wiege nur Gras ohne Bäume, nur daß in dem Talbogen Mossuls auch nicht einmal graue Steine aus dem Grase heraus ragten und die einzige dämmernde Farbe desselben unterbrachen, und daß auch kein so schönes Bergesblau hereinblickte, wie in unsere Wiege.

Abdias hatte sich von mehreren Fürsten und Herren Briefe verschafft, welche ihm erlaubten, in ihren Ländern zu reisen und sich in denselben aufzuhalten. Er hatte auch einen Handelsfreund, den er bisher nicht von Angesicht, sondern nur durch Briefe gekannt hatte. Er suchte denselben auf und verabredete mit ihm den Plan, daß, wenn er sich gerne einen Fleck Landes erwürbe, auf dem er seine künftige Wohnung gründen möchte, der Handelsfreund dazu den Namen geben würde, als hätte er selber das Land gekauft, als bebaute er es selber, als führe er eine Wohnung auf, und als ließe er nur gegen Entgelt den Juden im Genusse aller dieser Dinge. Um den noch möglichen Mißbrauch des Kauf- und Eintragbriefes zu vermeiden, würde Abdias seinen Freund durch eine ausgestellte Gegenforderung gleichen Wertes binden, die er gegen denselben geltend machen könne. Als er in das öde Tal gekommen war, beschloß er, da zu bleiben, sich ein Haus zu bauen, etwas Felder anzulegen und sich einzurichten. Er nahm sich deshalb vor, den noch übrigen Rest der Goldstücke aus dem Riemzeuge der Eselin zu lösen und die englischen Papiere, welche so gut in den wasserdichten Wachsseidentäschchen verborgen waren, aus seinem Kaftan zu schneiden. Er wollte alles recht wohl herrichten und in Gang bringen, damit, wenn er nach Afrika reiste, um Melek ein Messer in das Herz zu rennen – und wenn er etwa dabei erwischt und umgebracht würde, Ditha versorgt sei. Er mußte sie vorher auch ein bißchen erziehen, daß sie groß genug wäre und sich schon selber forthelfen könne, wenn er nicht mehr erschiene.

Es wunderten sich die Bewohner des entfernten Bergdorfes, als einmal einer durch das unfruchtbare Tal zu der Gnadenkirche wallfahrten ging und die Nachricht zurückbrachte, daß an einem Platze des Tales das Land aufgerissen sei und Balken und Steine und Vorrichtungen herum lägen, als würde hier zu einem Häuserbaue geschritten. Und wie wieder einmal ein anderer zu der Kirche ging, stand schon Mauerwerk, und es arbeiteten Leute daran. Ein fernerer brachte Nachricht von dem weiteren Fortschreiten des Baues, manche gingen nur dieser neuen Sache wegen in die Kirche, da sie sonst vielleicht zu einer andern Zeit gegangen sein würden – man redete davon, bis endlich ein blankes weißes Haus von mäßiger Größe aus dem Grün des Bodens schimmerte und daneben der Anfang eines Gartens gelegt wurde. Auf die Fragen, wie und was das sei, kam immer die Antwort: ein fremder absonderlich und seltsam aussehender Mann lasse das alles bauen und habe den Grund daneben gekauft.

Als das weiße Haus einmal länger stand, als der Garten fertig war und die hohen, festen Planken um denselben herum liefen, gewöhnten sich die seltenen Vorübergehenden daran, als an ein Ding, das einmal so sei, insbesondere da der Besitzer nie zu ihnen hinauskam und mit ihnen redete, sie also auch nichts von ihm zu reden hatten – und sie sahen die Dinge so an wie die Steine, die hie und da aus dem Grase hervorstanden, oder wie die Gegenstände, die zufällig an dem Wege lagen.

Abdias ging nun daran, da das Mauerwerk fertig und nach dem Rate seines Bauherrn vollständig ausgetrocknet war, das Innere des Hauses einzurichten. Er ließ doppelte Riegel hinter alle Türen machen, er ließ starke Eisengitter vor die Fenster stellen, und er ließ statt der früheren Planken sogar noch eine hohe, feste Mauer um den Garten führen. Dann kamen Geräte, wie sie in Europa gebräuchlich waren, und darunter mischte er Einrichtungen, wie er sie in Afrika gehabt hatte; er legte nämlich überall Teppiche nicht bloß auf den Boden, sondern auch auf solche Geräte, die für keine verfertigt waren, er machte aus Teppichen und weichen Fellen, die er kaufte, Betten zum Ruhen, und daß man darauf in der Kühle der Zimmer sitzen könne.

Um diese Kühle zu erzeugen, ließ er, wie er es ebenfalls in Afrika gelernt hatte, Gemächer mit sehr dicken Mauern verfertigen, in den
Gemächern hatte er nur in großen Zwischenräumen ein paar kleine
Fenster, die doppelte gegliederte Fensterbalken der Art hatten, daß
ihre Dächelchen über einander gelegt oder zur Hereinlassung von
mehrerem Lichte wagrecht gestellt werden konnten. Er hatte diese
Balken in Europa kennen gelernt und wendete sie statt der Myrten an,
welche in der Wüstenstadt sein oben gelegenes Fenster umrankt und
überwuchert hatten, daß die brennenden Strahlen der dortigen Sonne
nicht eindringen konnten. Die kleinen Fenster der Gemächer aber
gingen nicht unmittelbar in die freie Luft, sondern in einen andern
Raum, der ebenfalls eine Art Gemach oder Vorhaus bildete, und durch
dicke Türen und ebenfalls durch gegliederte Fensterbalken zu schließen
war, damit die Strahlen der Sonne und der Durchzug der äußern heißen
Luft abgehalten würden. Lauter Anstalten, die er in Europa nicht nötig
hatte. Was ihn schier am meisten freute, war ein Brunnen, den ihm
ein Meister an einem stets schattigen Teile seines eigenen Hofes gemacht hatte, wo man nur an einem Metallknopfe hin und her zu ziehen
brauchte, daß kristallhelles, eiskaltes Wasser in das steinerne Becken
heraus floß. Anfangs wollte er das häufige Ziehen nicht zulassen und
den großen Verbrauch des Wassers hindern, daß es nicht vielleicht zu
schnell zu Ende gehe, aber da das Wasser durch zwei Jahre unvermin-
dert und gleich frisch dem Zuge des Metallknopfes folgte, erkannte er,
daß hier ein Schatz sei, den man nicht leeren, den sie hier nicht
schätzen können, und den man in der Wüstenstadt für das höchste
Gut gehalten hätte. Überhaupt waren er und Uram in der ersten Zeit
ihres Wanderns in Europa über die prächtigen Quellen, die es hat,
entzückt, wunderten sich, wie die Leute, die da leben, sich nichts daraus
machten, und tranken oft, vorzüglich wenn sie im Gebirge waren und
ein recht glasklarer Strahl aus Steinen hervor schoß, mit Lust und dem
Wasser zu Ehren, selbst wenn sie nicht durstig waren. Sie priesen die
Wässer des Gebirges vor denen der Ebene, wenn ihnen auch das Gebirge selber nicht besonders gefiel, da es sie beengte und ihnen die
Weite und Unendlichkeit benahm, an die sie gewohnt waren. Im
Garten, den er bereits mit einer hohen Mauer umfangen hatte, war
aber noch nichts als Gras; allein auf künftigen Schatten bedacht, ließ
er Bäume pflanzen, und nahm sich vor, sie selber zu pflegen und zu
betreuen, daß sie schnell wüchsen und doch in wenigen Jahren schon
Schatten auf den Rasen und auf die weiße Mauer des Hauses würfen.
Für eine Abteilung, wo Gemüse und andere nützliche Dinge wüchsen,
würde er in der Zukunft schon sorgen, jetzt müsse er, dachte er, nur
das Notwendigste zuerst in den vollkommenen Stand setzen.

    Die inneren Gemächer waren nun alle eingerichtet, das Haus war
fertig und von außen gegen Angriffe geschützt. Diener und Dienerinnen
hatte er von dem Volke seines Glaubens bekommen.

Als der ganze Bau in wohnlichem Zustande war, wozu er beinahe drei ganze Jahre gebraucht hatte, ging er daran, ihn zu beziehen. Er nahm Ditha aus dem hölzernen Häuschen, welches mit doppelten Holzwänden für das Kind und ihn als Notwohnung errichtet worden war, heraus und ließ es in die steinerne Wohnung in das für dasselbe eigens eingerichtete Gemach tragen. Er folgte, indem er die ganz wenigen Dinge, die er in dem Holzhäuschen gehabt hatte, mit sich nahm. Das Häuschen wurde nun sofort abgerissen.

Ein Ziel, welches er in dem Lande Europa angestrebt hatte, hatte er nun erreicht, nämlich einen Wohnplatz. In diesem saß er nun mit Ditha ganz allein; denn Uram war schon im Verlaufe des ersten Jahres ihrer europäischen Wanderung, obwohl er vermöge seiner Jugend alles, was ihm aufgestoßen war, mit Neugierde und oft mit Entzücken betrachtet hatte, an dem fremden Klima verschmachtet. Abdias saß mit Ditha allein. Dieser wollte er nun alle Aufmerksamkeit zuwenden, daß sie, wie er sich vorgenommen hatte, ein wenig erzogen würde, indem er bisher, da er eine Wohnung für sie baute, nicht viel Zeit gehabt hatte, sich nach ihr umzusehen, und auch die Diener, die ihr beigegeben worden waren, sie bloß nährten, pflegten und schützten, und im andern sie liegen ließen, wie sie nur wollte. Sie war aber übrigens in ihrem Körperchen gesund und blühend. Und so lag sie nun vor ihm da, ein ehrwürdig Rätsel, aus seinem Wesen hervorgegangen und einer unbekannten Enthüllung harrend.

Abdias ging nun mit demselben Eifer, mit dem er bisher alles betrieben hatte, daran, sich mit Ditha zu beschäftigen, obwohl er eigentlich nicht wußte, wie er es anfangen sollte, sie zu entfalten und vorwärts zu bringen. Er hielt sich schier immer in ihrem Zimmer auf. Er berührte sie, er redete mit ihr, er setzte sie in ihrem Bettchen auf, er setzte sie auf den Teppich des Fußbodens, er stellte sie auf ihre Füße, er versuchte, ob sie gehen könne, er wollte sehen, ob sie nicht eine kleine Strecke laufe, wenn er ihr einen lockenden Gegenstand vorhalte, und sehr viele Dinge der gleichen Art; aber sehr bald sah er, daß das Mädchen nicht sei, wie es sein sollte. Er gab die Schuld auf die zwei Dienerinnen, die er in Europa bloß zu dem einzigen Dienste für Ditha genommen hatte, und welche nur für ihren Körper gesorgt hatten, daß er gesund sei und gedeihe, für die sonstige Entwicklung aber nichts getan zu haben schienen.

Das Kind war jetzt schon um vier Jahre herum alt, aber es hatte nicht die Art und Weise eines vierjährigen Kindes. Sein Angesichtchen war unsäglich lieb und schön, und es entfaltete sich täglich mehr als das reizende Ebenbild des Vaters, wie er aussah, da er noch jung und schön gewesen war; nur war die Kraft des Vaters durch leise Züge der Mutter gemildert, die in der Bildung des Angesichtes zum Vorschein kamen. Der Körper war fast der eines vierjährigen Kindes, nur schien er viel zarter und nicht so stark zu den Bewegungen zu sein, welche

Kinder in diesem Alter schon zu machen pflegen. Aber es lagen auch diese Bewegungen nicht in ihren Gliedern, der Vater wußte nicht, wegen bisheriger Vernachlässigung derselben, oder weil sie überhaupt noch nicht da waren. Sie konnte noch nicht gehen und zeigte auch keinen Drang dazu, wie er sich doch sonst schon in viel jüngeren Kindern äußert, wenn sie nach Gegenständen ihres Wohlgefallens hin streben. Ja sogar sie kroch auch nicht einmal, wie doch die unentwickeltsten Kinder versuchen, sobald sie sich nur sitzend zu erhalten vermögen. Wenn man sie auf den Boden niedersetzte, so blieb sie auf demselben Platze sitzen, man mochte noch so reizende Gegenstände oder Naschwerk, das sie sehr lieb hatte, in ihre Nähe legen. Stehen konnte sie schon, aber wenn man sie auf die Füße stellte, blieb sie unbeweglich stehen, klammerte sich an die sie haltende Hand, und wenn man diese weg zog, stand sie einsam in der Luft da, strebte nach keiner Richtung weiter, ihre Füßchen zitterten, und in den Mienen sprach sich Angst und die Bitte um Hilfe aus. Wenn man ihr dann die Hand gab und damit einen ihrer Finger berührte, so hielt sie sich schnell daran, faßte mit beiden Händchen darnach und zeigte Neigung, nieder zu sitzen. Wenn man ihr aber das verweigerte, so blieb sie stehen, sich an der dargereichten Hand festhaltend und nichts weiter versuchend. Am vergnügtesten schien sie zu sein, wenn sie in ihrem Bettchen lag. Da fühlte sie den meisten Halt um sich, war, wie es sonst auch ihre Weise war, sehr fromm, fast nie weinend, langte nach nichts, sondern hielt gerne eine Hand in der andern, und tastete und spielte mit den Fingern der einen in denen der andern. Auch das Angesichtchen zeigte noch nicht die Erregtheit, die sonst Kinder haben, wenn sie durch die ersten und vermöge ihres hilflosen Körperchens sehr heftigen Verlangungen bewegt werden. Nicht einmal, wenn der Vater, den sie recht gut kannte, mit ihr redete, sie liebkoste oder streichelte, zeigte sie die Belebung, die sonst die kleinsten Kinder haben. Die Züge des unaussprechlich schönen Angesichtes blieben immer ruhig, die Augen mit dem lieblichsten, von Abdias oft so bewunderten Blau standen offen, gingen nicht hin und her und waren leer und leblos. Die Seele schien noch nicht auf den schönen Körper herunter gekommen zu sein. Ihre Zunge redete auch noch nicht, sondern wenn es sehr gut ging, lallte sie seltsame Töne, die keiner der menschlichen Sprachen ähnlich waren, und von denen man auch nicht wußte, was sie bedeuteten.

Abdias konnte sich nicht helfen, er mußte denken, daß Ditha blödsinnig sei.

Nun war er eigentlich ganz allein in seinem Hause; denn Ditha war noch niemand, und Uram war gestorben. Er hatte Ditha nach Europa gebracht, um sie zu bergen. Sie war eine Lüge – ewig mit derselben reglosen Miene und mit den ruhigen Augen. Er dachte sich, er werde viele Jahre so bei ihr sitzen, dann werde er sterben, ihre Züge werden sich auch nicht regen, denn sie wird nicht wissen, daß jemand gestorben ist – und wenn sein Antlitz starr geworden, dann wird erst recht der alte tote Vater der jungen schönen Tochter gleichen, so wie sie jetzt schon ferne der sanften vor Jahren gestorbenen Mutter gleicht.

Er wollte wenigstens aus dem blödsinnigen Körper so viel entwickeln, als aus ihm zu entwickeln wäre. Er dachte, wenn er den Körper recht gesund und recht stark machte, wenn er ihn zu außerordentlichen Tätigkeiten reize – vielleicht könnte er eine Art Seele hervorlocken, wie jetzt gar keine vorhanden sei.

Er brachte Ditha in eine andere Räumlichkeit; denn sie war bisher in einem jener kühlen Gemächer gewesen, wie wir sie oben beschrieben haben. Die neue Wohnung war luftig und licht, sie bestand aus zwei Zimmern, deren Fenster geradezu in das Freie gingen, und deren Türen sich auf Gänge öffneten, die viele Fenster hatten. Er ließ nun oft ganze Ströme Luft herein, ließ sie durch die Zimmer streichen und setzte Ditha darein, daß alle Teile ihres Körpers diese labende Flüssigkeit genießen könnten. Er reichte ihr ihre Nahrung selber und bestimmte immer, worin sie zu bestehen hätte. Er wollte sie nämlich recht leicht und nährend haben, und sie mußte in einer ganz bestimmten Ordnung fertig werden. Die Kleider, die sie anhaben sollte, gab er ebenfalls selbst an, sie sollten keinen Teil des Körpers drücken, sollten nicht zu heiß und nicht zu kühl sein und den Zutritt der Luft und der Sonne nicht zu stark hemmen. So oft es nur wegen des in diesen Ländern so ungleichen Wetters anging, mußte sie ins Freie gebracht werden und oft ganze Tage darin zubringen. Er nahm sie an der Hand, er führte sie herum, und hörte nicht eher auf, als bis er an ihrer immer mehr und immer schwerer anziehenden Hand merkte, daß sie schon sehr müde geworden sei und nur mehr den Körper armselig schleppe. Wenn die Strahlen der Mittagssonne zwar nicht steilrecht, wie es in seinem Vaterlande jährlich einmal beinahe genau der Fall gewesen war, aber doch sehr warm hernieder schienen, wurde sie leicht bedeckt in das Gras des Gartens unter den Schein der heißen Sonne gesetzt und lange da gelassen, daß auf dem Angesichte, auf der Stirne und auf dem Nacken große Tropfen standen und das feine Linnen, das gerne ihren Körper bedeckte, anzukleben begann. Dann ward sie anders angekleidet, in die Zimmer gebracht, und dort ging er mit ihr, sie an der Hand haltend, herum, sie auch öfter in den langen Gang hinaus führend und dort auf und ab ziehend. Die Füßchen – das sah er bald – wurden zunehmend stärker. Ihr Angesicht mußte täglich mit Seife und frischem Wasser gewaschen werden, die schönen blauen Augen bekamen jeden Morgen ein Bad von reinem Brunnenwasser, und die Haare, so gelb und klar wie goldener Flachs, mußten gekämmt und gebürstet und gewaschen werden, daß auf dem Boden des Hauptes nicht ein Stäubchen und nicht ein Faserchen von Unrat lag, sondern die Haut so rein und eben glänzte wie auf dem Buge des sanft hinab gehenden Nackens. Wenn er oft im Garten oder sonst wo vor ihr auf den Knieen knieend sich heiser rief: »Ditha komme her – Ditha komme her!« so ward sie dann in ein kaltes Bad getan, dessen Wasser man im Augenblicke erst aus dem Brunnen geschöpft hatte. Ihre entkleideten Glieder wurden von der reinen Flut, die in einem marmornen, sehr großen Becken spielte, umflossen, nasse Tücher rieben den Körper, und in den hinaufgebundenen gelben Haaren hingen die klaren Tropfen wie Diamanten. Wenn es ihr manchmal zu kalt geworden war, oder wenn man sie zu stark gebürstet hatte, da sie heraus gestellt worden war, so zitterten ihre Glieder, und das Angesichtchen verzog sich sanft zum Weinen.

So verging eine Zeit, Abdias war fast unablässig bei ihr und beobachtete die Äußerungen ihres Körpers.

Die meiste Regung einer Seele, ja eigentlich die einzige, glaubte er, gebe sie gegen Klänge; denn er redete recht oft und Mannigfaltiges zu ihr. Er hatte ein feines Silberglöckchen – dieses brachte er herbei und ließ es leise vor ihren Ohren tönen. Sie merkte darauf hin, das sah man deutlich. Und wie man den Klang die Tage fort öfter vor ihren Ohren wiederholte, lächelte sie – und immer deutlicher und immer süßer wurde dieses Lächeln, je öfter man den schmeichelnden Klang vor sie brachte. Ja später begehrte sie ihn sogar selber; denn sie ward unruhig und sprach ihre unbekannten Worte, bis er begann: dann ward sie stille, und ein Ding, wie Freude, ja sogar wie ein sehr verstandesvolles Mienenspiel, schimmerte in ihren Zügen. Abdias kam bei dieser Entdeckung auf einen Gedanken, der sich wie ein Blitz, wie eine leuchtende Lufterscheinung durch sein Haupt jagte, er dachte: das arme, gemarterte Kind könne bloß blind sein.

Sogleich begann er, als ihm dieser Gedanke gekommen war, Versuche, um zu prüfen, ob es wahr sei oder nicht. Er ließ das Mädchen leicht gekleidet auf sein Bettchen legen. Dann holte er eine lange, sehr spitzige Nadel, und mit derselben stach er sie in die Hand. Die Hand zuckte zurück. Er stach wieder, und sie zuckte wieder. Dann berührte er bloß die Hand mit der Spitze der Nadel, und siehe, sie zog sich auch zurück. Das Kind mußte, wenn es sah, nun die Nadel kennen und mußte wissen, daß die feine Spitze derselben das Schmerzende sei. Er näherte nun die Nadelspitze dem schönen, großen, blauen Augapfel – immer mehr – immer mehr fast bis zur Berührung: es erfolgte keine Regung, in ruhigem Vertrauen stand das Auge offen. Er holte nun noch aus der Küche eine glühende Kohle, nahm sie in eine Zange und näherte sie dem Auge – er schwang sie stille, aber dicht vor dem Antlitze in Kreisen, daß sie flammende Linien zog; aber es erfolgte ebenfalls keine Bewegung in dem Angesichte, welche zeigte, daß das Kind die feurigen Kreise gesehen hatte. In derselben sprachlosen Ruhe blieb das schöne Auge. Er versuchte noch eins: er schlug mit seinen Fingerspitzen sehr schnell, aber lautlos nahe oberhalb der Wimpern durch die Luft, bei welchem Verfahren fast alle Menschen und um so viel mehr die Kinder blinzen müssen; aber Ditha wußte nichts, daß diese Bewegungen so nahe an ihren Augenlidern vor sich gingen.

Es war für ihn nun richtig, und alle bisherigen Erscheinungen an dem Mädchen waren ihm klar. Es war blind. In der andauernden Nacht war die junge, verkannte, über das Wesen der Welt ahnungslose Seele bloß hilflos gebunden gewesen, und hatte nicht gewußt, was sie entbehre.

Noch in demselben Augenblicke, als Abdias diese Entdeckung gemacht hatte, wurde in die entfernte Stadt um den Arzt geschickt. Er kam erst am nächsten Tage und bestätigte mit seinen Kenntnissen, was Abdias vermutet hatte. Sofort wurde nun wieder ein ganz anderes Verfahren mit dem Kinde eingeschlagen. Es wurde wieder in ein Zimmer verbannt, es wurde ihm ein kleiner Sessel gemacht, auf dessen Lehne es das Haupt zurücklegen konnte, daß die Augen, die schönen, aber unnützen Augen, aufwärts gerichtet wären, daß der Arzt und der Vater in dieselben hinein schauen konnten. Abdias schaute oft hinein, aber nicht das geringste, nicht die kleinste Kleinigkeit war zu entdecken, wodurch sich diese Augen von andern gewöhnlichen Menschenaugen unterschieden, außer, daß sie schöner waren als andere, daß sie klar und mild waren, wie man selten menschliche Augen finden würde.

Es begannen nun, obwohl der Arzt gesagt hatte, daß er wenig Hoffnung geben könnte, mehrere Versuche, die Augen zu heilen, und wurden lange Zeit fortgesetzt. Abdias tat alles pünktlich, was der Arzt vorschrieb, und Ditha litt schier alles geduldig, obwohl das Kind keine Ahnung haben konnte, was man mit ihm vor hatte, und welche Kleinode man ihm zu geben bemüht war. Als endlich der Arzt erklärte, daß seine Mittel erschöpft seien und er das wiederholen müsse, was er gleich anfangs gesagt habe, daß nämlich das Kind wahrscheinlich nie würde hergestellt werden, sondern die Zeit seines Lebens blind bleiben müßte: belohnte Abdias den Arzt für seine bisher gehabten Bemühungen und nahm einen andern. Allein auch dieser tat nach einiger Zeit dieselbe Erklärung – und so kam ein dritter, ein vierter, und mehrere. Da alle übereinstimmten, dem Kinde sei das Licht der Augen nicht zu geben, da die Ratschläge der verschiedensten Menschen, die von dem Übel hörten und sich herzu drängten, vergebens angewendet wurden, da Abdias bei jedem neuen fehlgeschlagenen Versuche seine Hoffnung auf eine tiefere Stufe herabstimmte: gab er den Rest derselben endlich ganz auf, insbesondere da keine Ärzte mehr waren, die man fragen konnte, und selten ein Mensch kam, der einen Ratschlag erteilte, oder wenn es geschah, derselbe schon von vorne herein alle Spuren der Unvernunft an der Stirne trug. Er gewöhnte sich daran und nahm den Gedanken in sein Eigentum auf, daß er ein blindes Kind habe, und daß dasselbe blind bleiben müsse.

Statt nun eine Erziehung zu beginnen, die so viel an Geist und Leben entwickelt hätte, als nur immer zu entwickeln war, verfiel Abdias auf einen ganz andern Gedanken, nämlich einen ungeheuren Reichtum auf das Kind zu laden, damit es sich durch denselben einstens, wenn er stürbe, Hände kaufen könnte, die es pflegen, und Herzen, die es lieben würden. Einen großen Reichtum wollte er auf das Kind häufen, daß es sich dereinst mit jedem Genusse seiner andern Sinne umringen könnte, wenn es schon den des einen entbehren müßte.

In Folge dieses Entschlusses wurde nun Abdias geizig. Er entließ alle Diener bis auf eine Magd, eine Wärterin Dithas und einen Wächter des Hauses. Er selbst versagte sich alles und jedes, er ging in schlechten Kleidern, nährte sich schlecht, ja wie einst in seiner fünfzehnjährigen Lehrzeit fing er jetzt bei grauen Haaren an zu lernen, wie man wieder Geld und Gut erringen könne, er fing an zu jagen und zu rennen und Gewinn und Zinsen zu sammeln, er fing an zu wuchern, namentlich mit der Zeit, und dies alles um so mehr, gleichsam mit der Angst eines Raubtieres, da ihn der Gedanke an sein Alter und an seinen nahen Tod verfolgte. Er ließ sich daher keine Ruhe – das Geschäft, welches er kannte, und welches ihm in Afrika Reichtümer eingetragen hatte, nahm er wieder vor, nämlich den Handel, er trieb ihn so, wie er ihn in Afrika getrieben hatte – und wenn es in mancher Nacht stürmte und tosete, daß der Hund in seine Hütte kroch und der Iltis in seinen Bau, daß kein Mensch auf der Straße war, ging der gebeugte schwarze Schatten des Juden über die Felder, oder er klopfte, wenn er sich verirrt hatte, an ein kleines Fenster, um ein Nachtlager bittend, das man ihm oft widerwillig gab, öfter verweigerte; denn da er jetzt viel unter die Menschen kam, lernte man ihn kennen, und er ist ein Gegenstand des Hasses und des Abscheues geworden. Das Unglück, in welchem sein Mädchen gefangen war, schrieb man dem gerechten Urteile Gottes zu, der den maßlosen Geiz des Vaters strafen wollte. Die Diener, welche er aus seinem Volke genommen hatte, hielten es nicht für gefehlt, wenn sie ihn betrogen, und sie hätten dieses, wenn er nur nicht so scharfsichtig gewesen wäre, gerne in noch größerem Maßstabe getan.

Wenn er zu Hause war, saß er immer in Dithas Zimmer, sobald er nur seine Rechnungen und seine Geschäfte abgetan hatte. Der kleine Sessel mit der Hinterlehne für ihr schönes Haupt war ihr lieb geworden, sie saß jetzt gerne darinnen, obwohl er für die aufblühenden und empor strebenden Glieder zu klein geworden war. Da kauerte der Jude auf einem kleinen Schemel neben ihr und sprach immerwährend zu ihr. Er lehrte sie Worte sagen, deren Bedeutung sie nicht hatte – sie sagte die Worte nach und erfand andere, welche aus ihrem inneren Zustande genommen waren, die er nicht verstand, und die er wieder lernte. So sprachen sie stundenlange mit einander, und jedes wußte, was das andere wollte. Sie streichelte öfter mit ihren kunstreichen Händen, nachdem sie ein wenig in der Luft gesucht hatte, seine harten Wangen und seine schlichten, dünner werdenden Haare. Zuweilen legte er Geschenke in ihre Hand, ein Stückchen Stoff zu einem Kleide, dessen

Feinheit sie greifen konnte und verstand; namentlich Linnen, das sie sehr liebte, dessen Glätte, Weiche und Reinheit sie besonders zu beurteilen verstand, und das, weil sie nie unter Menschen kam und Putz brauchte, nicht nur das ihrem Körper zunächstliegende, sondern meistens auch einzige Kleidungsstück war. Wenn sie ihr linnenes Überkleid über das untere getan hatte, um damit im Hause zu sein, legte sie seine Falten so schön und machte vorne die Spange zu, daß Sehende geglaubt haben würden, sie hätte das Werk vor dem Spiegel gemacht. Und dann strich sie mit der Hand längs des Stoffes hinab und faßte ihn zwischen Daumen und Zeigefinger und sagte: »Vater, das ist noch weicher als das andere.«

Die Füßchen, an denen Schuhe waren, stellte sie nebeneinander auf den Schemel und griff die Weichheit des selben. Manchmal gab er ihr Eßwaren, die er gebracht, Früchte und dergleichen – und wenn sie den Kern oder anderes, das weg zu legen war, zwischen den Fingern hielt, suchte sie nach der daneben stehenden Tasse, damit ja nichts beschmutzt würde.

Ihr Gliederbau bildete sich allgemach höher, und wenn sie in dem Grase des Gartens ging, oder die weiße Gestalt neben der weißen Mauer desselben, so gab sie das Bild eines erwachsenden Mädchens. Unter den sehenden Wesen war Asu, der Hund, von dem Abdias am meisten geliebt wurde. Er hatte ihn einstens, weil man seine Mutter erschlagen hatte und er noch blind war, aufgelesen und erzogen. Dieser Hund, da er erwachsen war, begleitete Abdias überall, und wenn er halbe Tage lang bei Ditha in dem Zimmer oder manchmal auch in dem Grase des Gartens saß, so saß der Hund immer dabei, wendete kein Auge von den beiden, als verstünde er, was sie sagten, und als liebte er sie beide. Wenn Abdias nachts in sein Zimmer ging, um zu schlafen, legte er dem Hunde unter dem Tische seinen Teppich zurecht und richtete ihn, daß er weich sei.

Mit diesem Hunde hatte Abdias ein Unglück, als wenn es mit dem Manne immer hätte so sein müssen, daß sich die Dinge zu den seltensten Widrigkeiten verketten.

Es war zu einer Zeit, da sich eben in vielen Teilen der Gegend Falle von Hundswut ergeben hatten, daß Abdias eine Reise nach Hause machte, und zwar auf einem Maultiere reitend und wie gewöhnlich von Asu begleitet. In einem Walde, der nur mehr einige Meilen von seinem Hause entfernt war und der Länge nach gegen jenen Föhrenwald mündete, von dem wir oben gesprochen haben, merkte er an dem Tiere eine besondere Unruhe, die sich ihm aufdrang, weil er sonst nicht viel hin geschaut hatte. Der Hund gab unwillige Töne, er lief dem Maultiere vor, bäumte sich, und wenn Abdias hielt, so kehrte er plötzlich um und schoß des Weges fort, woher sie gekommen waren. Ritt Abdias nun wieder weiter, so kam das Tier in einigen Sekunden wieder neuerdings vorwärts und trieb das alte Spiel. Dabei glänzten seine Augen so widerwärtig, wie Abdias es nie gesehen hatte, so daß ihm ängstliche Besorgnisse aufzusteigen begannen. Über eine Weile kamen sie zu einem kleinen, flachen Wässerlein, durch welches man hindurch reiten mußte. Hier wollte der Hund nun gar nicht hinein. An seinen Lippen zeigte sich ein leichter Schaum, er stellte sich vor, und mit heiserem Schluchzen schnappte er nach den Füßen des Maultieres, da es dieselben ins Wasser setzen wollte. Abdias nahm eine seiner berberischen Pistolen aus dem Halfter, hielt das Maultier einen Augenblick zurück und drückte das Gewehr gegen den Hund ab. Er sah durch den Rauch, wie das Tier taumelte und blutete. Dann ritt er in der Verwirrung durch das Wasser und jenseits weiter. Nachdem er eine halbe Stunde Weges zurück gelegt hatte, bemerkte er plötzlich, daß er einen Gürtel mit Silbermünze, den er zu diesem Zwecke immer um hatte, nicht mehr habe – und er erkannte den ungeheuren Irrtum in Hinsicht des Hundes. Er hatte den Gürtel an einer Waldstelle, an welcher er sich eine Weile aufgehalten hatte, hingelegt, und sah nun, daß er ihn dort vergessen habe. Sogleich jagte er zurück. In Schnellig-keit war das Wässerlein erreicht, aber Asu war nicht dort, er lag nicht an der Stelle, auf welcher er erschossen worden war, sondern es zeigten sich nur Blutspuren da. Abdias jagte weiter zurück, und auf dem Wege sah er überall Blut. Endlich kam er an die Waldstelle, er fand dort den Gürtel – und den sterbenden Hund vor demselben liegend. Das Tier machte vor Freuden unbeholfene Versuche zu wedeln und richtete das gläserne Auge auf Abdias. Da dieser auf den Hund niederstürzte, ihm Liebkosungen sagte und die Wunde untersuchte, wollte das Tier mit matter Zunge seine Hand lecken aber es war nicht mehr möglich, und nach einigen Augenblicken war es tot. Abdias sprang nun auf und wollte sich die weißen Haare ausraufen – er heulte – er stieß ungeheure Verwünschungen aus – er lief gegen das Maultier hin und riß die zweite Pistole aus dem Halfter, und krampfte seine Finger darum. Nach einer Weile warf er sie in das Gras des Waldes. Den Gürtel nahm er zehnmal auf, warf ihn zehnmal hin und stampfte ihn mit den Füßen. Endlich, als schon beinahe die Nacht hereingebrochen war, da er doch den Hund kaum in der Hälfte des Nachmittages erschossen hatte, nahm er den Gürtel mit Dithas Gelde wieder auf und band ihn um. Er suchte die hingeworfene Pistole in dem Grase und steckte sie in das Halfter. Dann bestieg er das Maultier und schlug wieder den Weg nach Hause ein. Da schon das Morgengrauen auf das öde Tal nieder schien, kam er an seinem Hause an, alle Kleider mit dem Blute des ermordeten Tieres besudelt; denn er hatte es beinahe in seinen Schoß gelegt, als er die Wunde untersuchte. Er hatte wohl wenig Glauben an die Rettung gehabt, da er wußte, wie gut er in der Wüste schießen gelernt hatte. Den Tag, als er angekommen war, gönnte er sich Ruhe, am andern aber mietete er sich zwei Männer, reisete mit ihnen zu der

Waldesstelle, und sie mußten den Hund vor seinen Augen in die Erde verscharren.

Dann kam er zurück und betrieb seine Geschäfte fort, wie er sie vordem betrieben hatte.

Einige Zeit nach diesem Ereignisse verfiel er in eine Krankheit. Man weiß nicht, war es die Erregung, die er von dieser Tatsache hatte, oder war es der ihm ungewohnte, feindselige Landstrich, was ihn darnieder warf: genug, die Krankheit war gefährlich, und er konnte sehr lange nicht von derselben genesen.

Aber gerade in dieser Krankheit, wo man meinte, daß alles in einfacher Ruhe nun fortgehen werde, geschah es auch wieder, daß eine jener Wendungen in dem Geschicke dieses Mannes eintrat, wie wir schon öfter Gelegenheit hatten sie in seinem Leben zu bemerken. Es geschah eine wundervolle Begebenheit – eine Begebenheit, die so lange wundervoll bleiben wird, bis man nicht jene großen, verbreiteten Kräfte der Natur wird ergründet haben, in denen unser Leben schwimmt, und bis man nicht das Liebesband zwischen diesen Kräften und unserm Leben wird freundlich binden und lösen können. Bisher sind sie uns kaum noch mehr als bloß wunderlich, und ihr Wesen ist uns fast noch nicht einmal in Ahnungen bekannt.

Ditha war beinahe völlig herangewachsen – ein schlankes Mädchen mit blühenden Gliedern, die sich auszubilden versprachen und eine große Schönheit zu hoffen berechtigten. Abdias war während seiner Krankheit nicht zu ihr in ihr Zimmer gekommen; aber auch sie war in dieser Zeit nicht gesund gewesen: ein seltsames Zittern war an ihren Gliedern, das öfter verschwand, öfter kam und anhielt, zu verschiedenen Zeiten erschien, und namentlich, wenn heiße, dunstige Tage waren. Der Arzt konnte es nicht recht erkennen, und sagte, es sei von dem Wachsen, weil sie in letzter Zeit ganz vorzüglich in die Höhe gegangen sei und sich die Glieder wider Vermögen gedehnt hätten. Bis sie sich voller rundeten, würden die Erscheinungen verschwinden. Abdias war in den Tagen der Wiedergenesung, wo man schon in den Zimmern und in den Grenzen des Hauses herum gehen kann, aber noch nicht weiter fort, und seinen Beschäftigungen nicht nachzukommen vermag. Als er in diesem Zustande eines Tages auf seiner Stube saß und mit Rechnungen und Entwürfen beschäftiget war, insbesondere darüber nachdachte, wie er es beginnen müsse, um die Zeit, die er jetzt krank war, herein zu bringen, daß sie im ganzen Verlaufe nicht zum Nachteile wäre: geschah es, daß ein Gewitter herauf zog. Er achtete nicht weiter darauf, da die Gewitter, die er hier erlebt hatte, sich nicht von ferne an Heftigkeit und Stärke mit denen vergleichen ließen, die er in der Wüstenstadt und sonst in Afrika gesehen hatte. Aber mit einem Male, wie er wieder so rechnete, und da der Regen noch kaum leise auf die Dächer niederträufelte, geschah ein schmetternder Schlag, von Feuer begleitet, das das ganze Haus in einen blendenden Schein setzte.

Abdias erkannte augenblicklich, daß der Blitz in sein Haus gefahren sei. Sein erster Gedanke war Ditha. Obgleich in den Gliedern noch ermüdet, eilte er sogleich in ihr Zimmer. Der Blitz war durch dasselbe gegangen, er hatte die Decke und den Boden durchgeschlagen, daß dicker Staub in der Stube war, er hatte die eisernen Drähte des Käfigs, in dem das Schwarzkehlchen war, dessen Singen Ditha so erfreute, niedergeschmolzen, ohne den Vogel zu verletzen; denn derselbe saß gesund auf seinen Sprossen – auch Ditha war unbeschädigt; denn sie saß aufrecht in ihrem Bette, in das sie sich gelegt hatte, weil sie heute ganz besonders mit dem Zittern behaftet gewesen war. Abdias, der gewitterkundige Wüstenbewohner, sah das alles mit einem Blicke, er stieß nun schnell ein Fenster auf, um den heftigen, widrigen Phosphorgeruch zu verscheuchen, dann sah er gegen Ditha – und wie er genau hinblickte, bemerkte er, daß eine fürchterliche Erregung auf ihrem Antlitze lag, wie Entsetzen, wie Todesschreck. Als er näher ging, um zu sehen, wie es sei, kreischte sie, als drohte sich ein Ungeheuer über sie zu legen, und sie regte die Hände wie abwehrend entgegen – es war das erste Mal, daß sie die Hände nach etwas geradezu ausstreckte. – – Eine wahnsinnige Vermutung stieg in Abdias auf: er rannte nach dem Herde, auf welchem man eben ein Feuer hatte, riß einen glühenden Stumpf heraus, lief in Dithas Zimmer und schwang ihn vor ihren Augen. Sie aber tat wieder einen Schrei, arbeitete dann heftig mit den Gesichtszügen, als wollte sie etwas beginnen, was sie nicht konnte – endlich, als hätte sie es plötzlich gefunden, regten sich mit einmal ihre Augen im Haupte, indem sie den funkelnden Kreisen des Feuerbrandes folgten. Der Arzt war nicht anwesend. Abdias rannte nach dem Hauswächter und sagte, er gebe ihm hundert Goldstücke, wenn er reite, was ein Pferd zu rennen vermöge, und den Arzt bringe. Der Wächter zog ein Pferd aus dem Stalle, sattelte es in Schnelligkeit und ritt davon. Abdias sah ihm von einem Fenster aus, das er schnell aufgerissen hatte, zu. Indessen der Mann das Pferd sattelte, hatte Abdias die Eingebung gehabt, alle Fensterbalken in Dithas Zimmer zuzumachen und noch dazu die Vorhänge herab zu lassen, damit die Augen vorerst in der ihnen holden Finsternis blieben und von dem plötzlich eindringenden Lichte nicht verletzt würden. Als er dieses getan hatte, wobei Ditha immer stille gewesen war, hatte er, wie wir oben sagten, das Fenster des Ganges aufgerissen, um dem abreitenden Boten zuzusehen, dann ging er leise wieder in ihr Zimmer zu ihrem Bette, setzte sich zu ihr, und fing über eine Weile zu reden an. Die Stimme war das Gewisseste, was sie an ihm kannte, und sie übte nach und nach ihren gewöhnlichen Einfluß aus. Das geschreckte Kind beruhigte sich nach einiger Zeit – und in der Finsternis vergaß es gemach den furchtbar herrlichen Sturm des ersten Sehens. Nach mehreren Augenblicken fing es sogar selber zu reden an und erzählte ihm von fernen bohrenden Klängen, die da gewesen, von schneidenden, stummen, aufrechten Tönen, die in dem Zimmer gestanden seien. Er antwortete ihr auf alles und sagte recht freundliche Worte der Liebe. Bisweilen, wenn ein kurzer Stillstand des Gespräches war, stand er auf, rang in der Finsternis die Hände über seinem Haupte, oder er krampfte sie in einander, wie man in Holz oder Eisen knirscht, um die innere Erregung abzuleiten. – Dann setzte er sich doch wieder zu dem Bette, und blieb längere Zeit sitzen, indem er sich mehr und mehr beruhigen lernte. Ditha, welche zu der Stimme noch ein anderes Merkmal hinzugeben wollte, faßte nach seinen Händen, und als sie dieselben hatte, streichelte sie darüber hin, um sich zu überzeugen, daß er es wirklich sei den sie habe. Er blieb nun ganz bei ihr sitzen, und sie fing nach und nach an, die gewöhnlichen Dinge, wie sie bei ihr alle Tage vorkamen, zu reden. Sie schien hiebei immer müder zu werden, insbesondere, da sie ihm auf sein Befragen erzählte, daß das Zittern ganz aufgehört habe, was recht gut sei. Nach einer Weile sagte sie gar nichts mehr, nachdem sie noch einige zutrauliche unzusammenhängende Worte geredet hatte, richtete ihr Köpfchen auf dem Kissen zu rechte, und es schlossen sich im Schlafe die Augenlider über die neuen, gerade erst bekommenen und von ihr noch nicht gekannten Juwelen. Abdias lösete, als sie ruhig schlief, sachte seine Hand aus der ihrigen, und ging in den Garten hinaus, um zu schauen, wie denn jetzt der Tag draußen beschaffen wäre. Es war Abend. Dasselbe Gewitter, welches Ditha sehend gemacht hatte, hatte ihm mit Hagel das Hausdach und seinen Nachbarn die Ernte zerschlagen – er aber hatte davon nichts gemerkt. Jetzt, da er im nassen Grase stand, war alles vorüber. Die Gegend war sehr stille, die Sonne ging eben im tiefen Abend unter und spannte im Morgen, wohin eben das Gewitter hinauszog, einen weiten schimmernden Regenbogen über den ganzen dunkeln Grund desselben.

Nach Mitternacht kam endlich der ersehnte Arzt. Er hielt es aber nicht für gut, das sanft schlummernde Mädchen zu wecken, sondern ordnete an, daß die Untersuchung erst bei Tageslichte zu geschehen habe. Er billigte übrigens, was Abdias getan hatte.

Als am andern Morgen die Sonne aufgegangen war, wurde Dithas Zimmer nur in so weit gelichtet, daß man den Versuch mit ihr anstelle, ob sie sehe oder nicht; denn ihr das volle Licht zu geben, hielt man für schädlich. Der Versuch war kurz, und der Arzt erklärte, daß sie sehe. Man beschloß nun, daß das Zimmer, das sie nicht verlassen durfte, nur allmählig gelichtet werde, damit sie sich an die Gegenstände, die nach und nach hervortauchten, gewöhne und das Auge durch all-zugroßen und ungewohnten Lichtreiz nicht erkranke. Man sagte ihr, sie sei unwohl und müsse das Zimmer hüten, aber die Krankheit würde bald vorüber gehen, und dann würde sie mit ihren Augen sehen. Sie wußte nicht, was Sehen sei, aber sie blieb geduldig auf ihrem kleinen Sessel sitzen, lehnte das Haupt auf die Lehne desselben zurück, und hatte einen grünen Schirm ober den Augen, den sie bloß griff. Eine

Verhüllung nach der andern wurde von den Fenstern zurückgetan, ein Raum kam nach und nach um sie zum Vorscheine, sie wußte aber nicht, was es sei – die Fensterbalken wurden allgemach gelichtet – endlich wurden die letzten Vorhänge der Fenster empor gezogen – – und die ganze große Erde und der ungeheure Himmel schlug in das winzig kleine Auge hinein. – – Sie aber wußte nicht, daß das alles nicht sie sei, sondern ein anderes, außer ihr Befindliches, das sie zum Teile bisher gegriffen habe, und das sie auch ganz greifen könnte, wenn sie nur durch die Räume in unendlich vielen Tagen dahin zu gelangen vermöchte.

Abdias fing nun an, Ditha sehen zu lehren. Er nahm sie bei der Hand, daß sie fühle, daß das dieselbe Hand sei, die sie so oft an der ihrigen im Zimmer oder im Garten herum geführt hatte. Er hob sie von dem kleinen Sessel empor. Der Arzt und die drei Diener des Hauses standen dabei. Er führte sie einen Schritt von dem Sessel weg, dann ließ er sie die Lehne greifen, die ihr so lieb geworden war, dann die Seitenarme des Stuhles, die Füße, und anderes – und sagte, das sei ihr Sessel, auf dem sie immer gerne gesessen sei. Dann hob er den Schemel empor und ließ sie ihn fühlen und sagte: hierauf habe sie die Füße gehabt. Dann ließ er sie ihre eigene Hand, ihren Arm, die Spitze ihres Fußes sehen – er gab ihr den Stab, dessen sie sich gerne zum Fühlen bedient hatte, ließ sie ihn nehmen und die Finger sichtbar um ihn herumschlingen – er ließ sie sein Gewand greifen, gab ihr ein Stückchen Leinwand, führte ihre Hand darüber hin, und sagte, das sei das Linnen, welches sie so liebe und gerne befühlt habe. Dann setzte er sie wieder in den Sessel zurück, kauerte vor sie hin, zeigte mit den zwei Zeigefingern seiner Hände auf seine Augen, und sagte, das seien die Dinge, mit denen sie nun alles, was um sie herum sei, sehe, wenn auch hundert Arme aneinander gefügt zu kurz seien, es zu greifen. Er ließ sie die Augenlider schließen und mit ihren Fingern die durch sie verhüllten Äpfel greifen. Sie kannte – tat aber die Finger schnell weg und öffnete die Lider wieder. Er wies ihr nun, da sie saß, alle Dinge des Zimmers, die sie sehr gut kannte, und sagte ihr, wie sie dieselben gebraucht habe. Um ihr dann den Raum zu weisen, führte er das widerstrebende Mädchen, weil es anzustoßen fürchtete, durch das Zimmer zu den verschiedenen Gegenständen, von einem zu dem andern und zeigte, wie man Zeit brauche, um zu jedem zu gelangen, obgleich sie alle auf einmal in dem Auge seien. Er blieb den ganzen Tag bei ihr in dem Zimmer. Die äußeren Gegenstände des Gartens und der Fluren wollte er ihr noch nicht zeigen, damit sie nicht mit zu viel auf einmal überladen werde und es ihr schade. Beim Essen zeigte er ihr die Speisen, nannte ihr den Löffel; denn Messer und Gabel hatte sie bisher nie gehandhabt, und sie fuhr eben so ungeschickt zum Munde, wie sie es getan, da sie noch blind gewesen war.

Am Abende dieses Tages hatte das Kind ein bedeutend heftiges Fieber. Man brachte es zu Bette.

Als es immer dunkler geworden und endlich die Nacht hereingebrochen war, meinte das Kind, es sei wieder blind geworden, und sagte es dem Vater. Dieser aber antwortete ihm, das sei die Nacht, wo, wie sie es wissen müsse, sich bisher immer alle zu Bette gelegt hatten, um zu schlafen, weil das Tageslicht, bei dem allein die Augen sehen, vergangen sei, und erst nach einiger Zeit wieder kommen würde, während welcher sich die Augen schließen und die Menschen schlummern. Daß sie aber nicht blind sei, könne er ihr gleich zeigen. Er zündete eine große Lampe an und stellte sie auf den Tisch. Sofort zeigten sich wieder alle Gegenstände, aber anders als bei Tage, grell hervortretend und von tiefen und breiten Schatten unterbrochen. Die Flamme der Lampe erinnerte Ditha an den Blitz, und sie sagte, ein solcher Hauch sei bei ihr gewesen, als es gestern so gekracht habe und der Vater dann zu ihrem Bette herein gestürzt sei. Abdias löschte die Lampe wieder aus, setzte sich zu ihrem Bette, nahm sie bei der Hand, wie in den Tagen der Blindheit, und redete mit ihr, bis sie, wie gewöhnlich, entschlummerte.

Als sie am andern Tage ruhig und gestärkt erwachte und die Dinge im Zimmer schon mit viel mehr Fassung betrachtete als gestern, ließ er sie ankleiden, und da gegen die Hälfte des Vormittags hin der Tau auf den Gräsern vergangen war, führte er sie in den Garten, und nicht nur in den Garten, sondern auch in das Freie hinaus, in das Tal. Er zeigte ihr hier den Himmel, das unendliche tiefe Blau, in dem die silbernen Länder, die Wolken, schwammen, und sagte ihr, das sei blau, das weiß. Dann zeigte er auf die Erde, wie die sanfte, weiche Wiege des Tales so von ihnen hinaus ging, und sagte, das sei das Land, auf dem sie wandeln, das Weiche unter ihren Füßen sei das grüne Gras, das Blendende, das ihre Augen nicht vertragen, und das noch einschneidender sei als gestern die Lampe, sei die Sonne, die Lampe des Tages, die nach dem Schlummer immer komme, den Tag mache und den Augen die Kraft gebe, alles sehen zu können. Dann führte er sie in den Hof zu dem Brunnen, zog vor ihren Augen an dem Metallknopfe, daß der Strahl hervorschoß, und zeigte ihr das ihm so merkwürdige Wasser, und ließ sie von der hellen, kristallenen, frischen Flut einen Trunk tun, den er mit einem Glase schöpfte. Er zeigte ihr am Tage hinüber die Bäume, die Blumen, er erklärte ihr die Farben, was namentlich ein ganz Neues für sie war, und was sie beim Nachsagen nicht nur durcheinander warf, sondern auch ganz unrichtig anwendete, insbesondere wenn Farben und Klänge zugleich sich in ihrem Haupte drängten. Zwischen den Gräsern waren oft Tierchen, die er ihr zeigte, und wenn ein Vogel durch die Luft strich, suchte er ihre Augen auf ihn hin zu lenken. Auch das Gehen mußte er ihr erst beibringen und angewöhnen, wenn sie so von dem Garten weg auf den Anger des öden Tales hinauswandelten; denn sie griff den Boden gleichsam mit den Fühlfäden ihrer Füße und getraute sich nicht, die Spitze schnell und sicher vor sich in das Gras zu setzen, weil sie nicht wußte, wie groß oder klein der Abgrund zwischen diesem und dem nächsten Tritte sei, wodurch es kam, daß sie jetzt im Sehen weit unsicherer ging als früher in der Blindheit; denn da hatte sie den Fuß jederzeit im Bewußtsein des festen Bodens, den sie bisher immer gegriffen, vorwärts gestellt, und hatte nicht gewußt, welche ungeheure Menge von Gegenständen auf dem nächsten Schritte liege. Ditha hatte an allem, was sie sah, Freude, schaute immer herum, und bewunderte insbesondere das Haus, in dem sie wohnten, das einzige, merkwürdigste Ding dieser Art, das sie auf dem öden Grunde des Grases erblickte. Sie wollte beinahe nicht in die Stube gehen, daß sie das Blau des Himmels, das ihr besonders gefiel, und das lange, immer fortgehende Grün des Grundes nicht verliere. Sie schaute in einem fort, und begriff nicht, wie ihr ein Baum, ein Stück Mauer des Gartens oder ein flatternder Zipfel des Gewandes ihres Vaters gleich einen so großen Teil der Welt nehmen könne, und wie sie mit der kleinen Hand, wenn sie sie unter die Stirne lege, gleich alles, alles bedecke.

Der Abend kam wie am vorigen Tage mit Erschöpfung in seinem Geleite, und der Vater schläferte die Tochter wie gestern ein, um morgen in dem begonnenen Geschäfte fortzufahren.

Abdias gab nun den Handel, den er die Zeit her so eifrig betrieben hatte, auf, und beschäftigte sich bloß mit Ditha, sie in dem neuen Reiche des Sehens fort zu führen.

Was den andern Eltern weit auseinander gerückt, gleichsam in Millionen Augenblicke verdünnt erscheint, das wurde ihm jetzt gewisser Maßen auf einmal zugeteilt. Eilf Jahre waren Dithas Augen zugehüllt gewesen, eilf Jahre war sie auf der Welt gewesen und hatte auf das Sehen warten müssen, nachdem ihr diese Welt schon auf einer andern Seite, auf der Seite des engen, dunkeln, einsamen Tastens war zugeteilt gewesen; aber wie man von jener fabelhaften Blume erzählt, die viele Jahre braucht, um im öden grauen Kraute zu wachsen, dann aber in wenigen Tagen einen schlanken Schaft emportreibt und gleichsam mit Knallen in einem prächtigen Turm von Blumen aufbricht; – so schien es mit Ditha; seit die zwei Blumen ihres Hauptes aufgegangen waren, schoß ein ganz anderer Frühling rings um sie herum mit Blitzesschnelle empor; aber nicht allein die äußere Welt war ihr gegeben, sondern auch ihre Seele begann sich zu heben. Gleichsam wie die Flatterflügel wachsen, daß man sie sieht, wenn der junge Vogel noch an der Stelle sitzt, an welcher er aus der Puppe gekommen war, die die Fittige so lange eingefaltet gehalten hatte, so dehnte das junge Innere Dithas die neuen, eben erst erhaltenen Schwingen – denn die Sekunden flogen mit Kleinodien herbei, auf den Augenblicken lagen Weltteile, und jeder Tag endete mit einer Last, die er ihr auflud. So wunderbar ist das Licht, daß auch ihr Körper in sehr kurzer Zeit ein anderer ward; die Wangen wurden rot, die Lippen blüheten, und nach wenigen Wochen war sie in ihren Gliedern voller und stärker. Abdias hatte lauter weiße Haare, sein Gesicht war schwarz, von gekreuzten Narben durchzogen, und in den Zügen war Verfall eingegraben. So ging er neben der Tochter, die jetzt schon schlank und sicher wandelte; denn sie waren schier immer im Freien, das Ditha so liebte, und er nicht minder.

Aber nicht nur schöner ward das Antlitz des Mädchens, sondern es begann auch zu leben und sichtlich immer mehr das Schönste zu zeigen, was der Mensch vermag, das Herz.

Wie Abdias vor mehreren Jahren angefangen hatte, plötzlich geizig zu werden, so wußte man jetzt nicht mehr, ist er es noch, oder nicht. Er ging immer neben dem Mädchen. Alle, die den Juden haßten, sahen mit sichtbarlichem Wohlgefallen in das unschuldige Angesicht seiner Tochter.

Auch die Augen, die einst so starren, unheimlichen Bilder, wurden nun menschlich lieb und traulich; denn sie fingen zu reden an, wie Menschenaugen reden – und Fröhlichkeit oder Neugierde oder Staunen malte sich darinnen – auch Liebe malte sich, wenn sie plaudernd und schmeichelnd auf Abdias' Züge schaute, die nur ihr allein nicht häßlich erschienen; denn was die Außenwelt für ihre Augen war, das war er für ihr Herz – ja er war ihr noch mehr als die Außenwelt; denn sie glaubte immer, er sei es, der ihr diese ganze äußere Welt gegeben habe.

So verging der Sommer, so der für das Mädchen sehr traurige Winter, und wieder ein Sommer und ein Winter. Ditha gedieh immer mehr, und blühte immer schöner.

In zwei Dingen war sie eigentümlich und von den gewöhnlichen Menschen abweichend.

Das erste betraf ein Naturwunder, das wohl zuweilen, aber selten vorkömmt. Abdias hatte es in jüngeren Jahren auch gehabt, aber mit dem Alter hatte es sich allmählig verloren. Man bemerkte nämlich an Ditha seit dem Tage, an welchem der Blitz in ihr Zimmer geschlagen und ihre Nerven umgestimmt hatte, daß sie an Gewittertagen, oder auch nur an solchen, wo Gewitter drohten und an dem entfernten Gesichtskreise hinauszogen, ganz besonders lebhaft, sogar heiter und freudig gestimmt sei, unähnlich den andern Mädchen und Frauen, welche Gewitter gewöhnlich fürchten. Sie liebte dieselben, und wenn eines wo immer am Himmel stand, ging sie hinaus, um zu sehen, ob es komme. Einmal in der Dämmerung einer sehr gewitterschwülen Nacht, da sie eben an dem offenen Fenster stand und dem entfernten Blitzen zusah, bemerkte Abdias, der hinter ihr in einem Stuhle saß, daß ein leichter, schwacher, blasser Lichtschein um ihr Haupt zu schweben beginne, und daß die Enden der Seidenbändchen, womit ihr Haar gebunden war, sich sträuben und gerade emporständen. Er erschrak nicht, denn gerade dieses war auch die Erscheinung gewesen, die bei ihm in der Jugend öfters ohne Veranlassung und in späteren männlichen Jahren bei starker Erregung wahrgenommen und ihm von seiner Mutter mehr als einmal erzählt worden war. Er ist gewöhnlich, wie die Mutter sagte, zu solchen Zeiten sehr heiter gewesen, oder ist sehr stark gewachsen. Einen Nachteil aber hatte die Erscheinung für seinen Körper nie gehabt. Abdias blieb ganz stille hinter Ditha in dem Stuhle sitzen und sagte ihr nichts von dem, was er an ihr sehe. Er hatte ohnedem gleich nach dem Tage, an welchem der Blitz in Dithas Zimmer gefahren war, ihre Schlafstelle in ein anderes Gemach verlegt, jetzt, da er diese Erscheinung wahrgenommen hatte, ließ er auch sogleich Blitzableiter auf das Haus setzen, wie er sie an mehreren Orten Europas gesehen hatte. Er erinnerte sich jetzt auch, daß ihm einmal im Morgenlande erzählt worden war, daß, wenn es nachts an dem Himmel blitzte und ein Gewitter nicht auszubrechen vermöge, die Blumen unten manchmal eine leichte Flamme aus ihrem Kelche entlassen, oder daß gar ein fester, ruhiger Schein darüber steht, der nicht weicht und doch nicht die Blätter und die zarten Fäden verbrennt. Ja diese Blumen sind dann gar die schönsten.

Abdias beobachtete nun Ditha genauer, und sah die Erscheinung in diesem Sommer noch zweimal an ihr. Im Winter war nichts zu bemerken.

Das zweite, was Ditha eigentümlich und von andern Menschen abweichend hatte, war wohl nur eine natürliche Folge ihrer Verhältnisse, die von allem verschieden waren, was Menschen gewöhnlich begegnen kann, es war die Folge ihres früheren Zustandes und ihrer einsamen Entwicklung. Wie nämlich bei andern Menschen das Tag- und Traumleben gesondert ist, war es bei ihr vermischt. Bei andern ist der Tag die Regel, die Nacht die Ausnahme: bei ihr war der Tag vielmehr das Ausgenommene. Ihre vergangene, lange, vertraute Nacht reichte nun in ihren Tag herüber, und jene willkürlichen, von andern Menschen nicht verstandenen Bilder ihrer innern Welt, die sie sich damals gemacht hatte, mischten sich nun unter ihre äußeren, und so entstand ein träumend sinnendes Wesen, nur zuweilen von einem schnell handelnden unterbrochen, wie es eigentlich Abdias' Natur war, es entstand eine Denk- und Redeweise, die den andern, welche sie gar nicht kannten, so fremd war, wie wenn etwa eine redende Blume vor ihnen stände. Sonst einsam in ihrer Nacht sitzend, war sie auch jetzt gerne allein, oder mit ihrem Vater, der sie sehr gut verstand. Aus jener langen Nacht mochte es auch herkommen, daß sie nicht die brennenden, sondern die kühlen und dämmernden Farben vorzugsweise liebte, und darunter wieder das Blau. Als sie einmal etwas weit von ihrem Hause waren, durch den Föhrenwald gingen, von dem wir oben geredet haben, und jenseits desselben an einem großen blühenden Flachsfelde standen, rief sie aus: »Vater, sieh nur, wie der ganze Himmel auf den Spitzen dieser grünen, stehenden Fäden klingt!«

Sie verlangte hierauf, daß ein Stock davon nach Hause genommen würde. Er aber führte sie näher, zog einige Fäden aus, zeigte ihr die feinen kleinen Blumen, und machte ihr so klar, daß man nicht gleich ein ganzes Stück von diesem Blau wegnehmen könne. Dafür versprach er ihr, daß sie bald zu Hause ein solches blaues Feld haben werde. So sprach sie auch von violetten Klängen, und sagte, daß sie ihr lieber seien als die, welche aufrecht stehen und widerwärtig seien, wie glühende Stäbe. Ihre Stimme, die sie in der letzten Zeit ihrer Blindheit immer lieber zum Singen als zum Sprechen erhoben hatte, wendete sich frühzeitig einer sanften, klaren Alte zu. So lebte sie einer Welt aus Sehen und Blindheit, und so war ja auch das Blau ihrer Augen, so wie das unsers Himmels, aus Licht und Nacht gewoben.

Als sie den Gebrauch ihrer Augen bekommen hatte und Abdias, wie wir schon oben bemerkten, aufgehört hatte, seine Zeit dem Handel und dem Herumreisen zuzuwenden, fing er etwas anderes an. Er hatte zugleich mit dem Platze, auf welchem das Haus und der Garten stand, einen nicht gar kleinen Landteil des unfruchtbaren Tales erworben. Er hatte diesen Teil bisher unbenützt liegen lassen und nur, wenn er mit seinen Füßen darüber wandelte, gedacht: dies gehört mir. Jetzt fing er an, diesen Teil zu bebauen, und wollte ihn nach und nach in Felder umwandeln, wie er hinter den verdorrten Palmen in der Wüstenstadt auch ein Feld gehabt hatte, auf dem ihm etwas Gemüse und dünn stehender, niedriger Mais wuchs. Er dingte Knechte, kaufte die gehörigen Gerätschaften und fing an. Zum ersten Umgraben und zur Klärung der Erde, daß sie eine Saat annehme, hatte er eine große Zahl Taglöhner aus entfernten Gegenden kommen lassen. Zugleich fing er den Bau der Scheuern und anderer Gebäude an, welche bestimmt waren, die Ernte aufzunehmen. Da alles in zureichendem Stande war, entließ er die fremden Arbeiter und führte die Sache durch seine Knechte fort. In dem Garten hatte er wohl schon bei seiner Ankunft des Schattens wegen Bäume gesetzt, nun aber gab er noch allerlei Gesträuche hinzu, er lockerte einen Teil des Bodens, der früher bloß mit Gras bewachsen gewesen war, auf und legte Blumenbeete an. Auf einer andern Seite des Hauses wurde Erde für Gemüse aufgegraben.

Schon in dem ersten Frühlinge, an welchem Ditha sah, wogte ein schöner grüner Kornwald an einer Stelle, an welcher früher nur kurzes, fahlgrünes Gras gewesen war und graue Steine aus dem Boden hervor gesehen hatten. Als die Halme gelb geworden waren, standen gleichsam für Ditha die blauen Zyanen darin. Abdias ging unter all dem herum, und oft, wenn der mäßige Vormittagswind die reifenden Ähren zu silbernen Wogen mischte, stand seine Gestalt aus dem Rohrfeld hervorragend da, wie er den weißen Turban um seine schwarze Stirne geschlungen hatte, der dunkle Kaftan im Winde sich regte, und der große Bart, der vom Antlitze nieder hing, noch weißer war als der Turban.

Gleich im ersten Sommer wurde ein Stück Feld hergerichtet und mit Flachs besäet. Als er blühte, wurde Ditha hinausgeführt, und Abdias sagte ihr, der ganze Himmel, der da auf den Spitzen dieser grünen, stehenden Fäden klinge, gehöre ihr. Ditha stand nun recht oft vor dem blauen Tuche des Feldes und sah es an. Auf dem Heimwege pflückte sie sich einen Strauß von Zyanen, die im Korne standen.

Gegen die Mitte dieses Sommers ging ein mit dem gelben Getreide des Abdias hoch beladener Wagen in die neugebaute Scheuer und widerlegte den Wahn der in der Entfernung wohnenden Nachbarn, daß das grüne, mit Steinen besäete Wiesental unfruchtbar sei. Diesem Wagen folgte bald ein zweiter, ein dritter – und er wurde so lange beladen, bis alles Ausgesäete als Ernte zu Hause war. An einem andern Platze wurde schon wieder zur Vergrößerung der Felder für das nächste Jahr gereutet.

So lebte Abdias wieder in einer andern ihm vollkommen neuen Tätigkeit, und er betrieb sie immer weiter. Nachdem mehrere Jahre vergangen waren, hatte er schon alles Land, welches ihm eigen gehörte, umgegraben, und er sann bereits darüber nach, an seinen Handelsfreund zu schreiben, daß er durch dessen Vermittlung wieder ein neues Stück dazu bekomme, welches er bearbeiten wollte. Seinen Garten hatte er erweitert und die Mauer um das Stück ziehen lassen. Die Gebäude, die er zum Wirtschaftsbetriebe aufgeführt hatte, wurden zu klein, und er baute immer an der Erweiterung. Auch sann er über neue Dinge, die er unternehmen, und über Anlagen und Baulichkeiten, die er erfinden wollte.

Er hatte wieder mehrere Diener und Mägde genommen. Das Innere des Hauses richtete er fast so her, wie die Wohnung der Wüstenstadt zur Zeit der Esther gewesen war. Er legte weiche Teppiche, er baute durch Bretter und seidene Überzüge Nischen, ließ Ruhebetten in dieselben stellen und gelbseidene Vorhänge vor sie niederhängen, die man auseinander ziehen konnte. In mehrere Fächer tat er Dinge, daß sie einst Ditha, wenn er tot wäre und sie die Schlüssel bekäme, finden möge. Im Hofraume und draußen im Tale pflanzte er Bäumchen, die ihr Schatten geben, wenn sie eine Matrone sein würde. Wenn er nach Art des Alters nicht schlafen konnte, oder wenn ihm die lange europäische Dämmerung zu lange wurde, stand er auf und ging zu ihrem Bette, in dem sie meistens rot und gesund, wie eine Rose, schlummerte. Dann sah man ihn in dem Garten heim gehen und dies und jenes anschauen und befestigen.

Aus Büchern lesen oder sonst etwas lernen hatte er Ditha nicht lassen; es war ihm nicht eingefallen. Von fremden Menschen kam nie einer in das Haus des Abdias herein, und wenn ein Wanderer in das Tal kam, so sah man ihn höchstens mit der hohlen Hand aus dem Bache trinken und dann weiter gehen. Die Knechte des Abdias bearbeiteten seine Felder, taten, wie er anordnete, führten das Getreide auf den Markt, und brachten das bestimmte Geld heim, das Abdias immer voraus wußte, wie viel es sein mußte, weil er die Marktpreise kannte. Sonst waren sie meistens unter sich und in dem Gesindhause, das am andern Ende des Gartens stand; denn obwohl sie hier aus dem Volke seines Glaubens genommen worden waren, hatten sie doch eine Scheu vor ihm und seinem abenteuerlichen Wesen. So waren auch die andern Diener. Die Zofe Dithas saß schier immer in der Stube, weil man sie hatte aus der Stadt kommen lassen, sie nähete Kleider oder las; denn sie haßte die Luft und die Sonne. Abdias und Ditha waren immer draußen. Als er Bäume gepflanzt hatte, damit sie Schatten geben, hatte er den Himmel Europas nicht gekannt, oder nicht auf ihn gedacht; denn sie brauchten hier kaum einen Schatten. Wenn eine heiße Sonne schien, daß jedes Wesen ermattet war und Wohnung oder Kühle suchte, saß Ditha gerne auf dem Sandwege des Gartens unter abgefallener Bohnenblüte und ließ die Mittagsstrahlen auf sich niederregnen, indem sie leise eine Weise sang, die sie selber erfunden hatte. Abdias aber, in dem weiten Talare, mit den funkelnden Augen, weißem Haupte und Barte, saß auf dem Bänkchen an dem Hause und glänzte im Mittagsscheine. So wuchs Ditha auf, gleichsam neben Erlen, Wachholder und anderm Gesträuche der schlanke Schaft einer Wüstenaloe – so waren sie allein, und auf dem Tale lag gleichsam eine öde afrikanische Sonne.

Er hatte nach Europa verlangt, er war nun da. In Europa wurde er nicht mehr geschlagen, sein Eigentum wurde ihm nicht genommen, allein er hatte den afrikanischen Geist und die Natur der Einsamkeit nach Europa gebracht.

Öfter saß Ditha oben an dem Getreideabhange, bis wohin Abdias ganz nahe an dem Föhrenwalde seine Anlagen ausgedehnt hatte, und betrachtete die Halme des Getreides oder der Gräser, die darin wuchsen, oder die Wolken, die an dem Himmel zogen, oder sie ließ Gräsersamen über die graue Seide ihres Kleides rieseln und sah zu, wie er rieselte. Abdias kleidete sie nämlich gerne reich, und wenn sie nicht in dem von ihr noch immer sehr geliebten Linnen ging, so ging sie in dunkelfarbiger Seide, entweder blau, oder grau, oder violett, oder schwach braun – aber niemals schwarz. Der Schnitt ihres Kleides war wohl von ferne dem europäischen ähnlich da die Kleider von ihrer Zofe gemacht wurden, aber er mußte immer so sein, daß die Kleider weit und faltig um sie hingen, da sie von ihrer Heimat her an keinen Druck gewöhnt war und keinen litt. Öfter stand sie auf, wenn sie lange an dem Rande des Kornes gesessen war und wandelte allein an dem Saume des Getreides dahin daß ihre Gestalt weit in dem Tale gesehen wurde, wie sie entweder in Linnen leuchtete oder schwach und unbestimmt in Seide glänzte. Abdias holte sie dann gewöhnlich ab, und sie gingen miteinander nach Hause. Er dachte, er müsse mit ihr verständig reden, daß sie selber verständig würde und fortleben könnte, wenn er tot sei. Und wenn sie so gingen, redete er mit ihr: er erzählte ihr arabische Wüstenmärchen, dichtete ihr südliche Bilder und warf seine Beduinengedanken gleichsam wie ein Geier des Atlasses an ihr Herz. Er bediente sich hiezu meistens der arabischen Sprache, welche die seines Vaters war. Er hatte wohl, wie er es in seinen jugendlichen Wanderjahren sich angewöhnt hatte, sehr schnell die Sprache des Landes gelernt, und hatte sie mit denen, mit welchen er früher im Handel umgegangen war, geredet, und redete sie mit denen, die er jetzt im Dienste hatte; aber mit Ditha sprach er am liebsten Arabisch. Da er aber auch zuweilen eine andere Sprache des Morgenlandes gegen sie gebrauchte, da sie auch sowohl von seinem Munde als auch von dem der Dienstleute die Landessprache lernte; so kannte sie eigentlich ein Gemisch von allem, drückte sich darin aus und hatte eine Gedankenweise, die dieser Sprache angemessen war.

Wenn Abdias nun so voraus dachte, wie alles werden würde; wenn er an einen künftigen Bräutigam dachte, so fiel ihm die schöne, dunkle, freundliche Gestalt Urams ein, dem er sie gegeben hätte – aber da Uram tot war, konnte er sich nichts anders denken, als daß Ditha immer schöner und blühender werde und so fort leben würde.

Und in der Tat schien es, daß dieser Wunsch in Erfüllung gehen sollte. Sie war in der letzten Zeit bedeutend vollkommener geworden. Ihr Körper war stärker, das Auge ward schöner, dunkler, sehnsüchtiger, die Lippe reifer und ihr Wesen kräftiger, wie sie denn überhaupt in ihrer Art das Traumhafte ihrer Mutter mit dem Feurigen ihres Vaters verband. Sie liebte diesen Vater unsäglich, und wenn sie oft gedrängt war von der wilden, ungebändigten Liebe, dann nahm sie seine alte Hand und drückte deren Finger gegen ihre Augen, ihre Stirne, ihr Herz – den Kuß kannte sie nicht, weil sie keine Mutter hatte – er aber gab nie einen, da er häßlich war.

Weil Ditha während ihrer Blindheit fast immer gesessen war, oder ihre Füße nur schwach in Bewegung hatte setzen können, wenn sie ging, ja weil sie einen bei weitem größeren Teil ihrer Zeit in dem Bette zubrachte, als außerhalb desselben, so war ihre Entwicklung sehr langsam gegangen, und obwohl sie, da ihr das Licht der Augen zu Teil geworden war, schneller als früher fortschritt, so kam doch die Zeit der Reife bei ihr später, als sie sonst zu kommen pflegt. Sie war schon sechzehn Jahre alt, als sie an jenem Zeitpunkte angelangt zu sein schien. Ihr früheres drängendes Wesen stillte sich, das Auge wurde milder und schmachtender, und die Glieder waren schlank und freudig, wie bei jedem vollkommenen Wesen dieser Erde.

Abdias tat sich absichtlich einen Schmerz an, oder er opferte etwas Liebes, damit nicht das Schicksal ein Größeres begehre.

Wie bei allen Mädchen in dieser Zeit große Veränderungen vor sich gehen, wie namentlich in Dithas Stamme eine ruhige Schlankheit des Leibes und ein zartes Scheuen des Blickes das Hereintreten des Jungfrauenalters anzeigen, so war dieses bei Ditha ganz besonders der Fall. Ihr körperliches Wesen schien in der Tat in einer Art Spannung zu sein, und obwohl sie freudig und heiter und fast so kühn war wie früher, so war es doch, als sei ein Ausdruck süßen Leidens über sie ausgegossen.

Es war eben Sommer und die Zeit der Ernte.

Ditha ging zu dieser Zeit an einem Nachmittage, der den andern Leuten recht heiß vorkam, über den Hügelsaum eines Kornfeldes empor, das der Vater am Tage vorher hatte abmähen lassen. Sie ging so lange, bis sie an dem oberen Rande angekommen war; denn sie hatte dort ein Feld mit Flachs, den sie spät gesäet hatte, zu dem sie sonst, da das Korn stand, immer mit Umwegen hatte gelangen müssen, und der jetzt alle Tage in Blüte zu brechen versprach. Sie war ganz allein durch die Stoppeln empor gegangen, und stand ganz allein, die höchste Gestalt, auf dem Saume der Anhöhe, wenn man den weiter draußen stehenden Föhrenwald ausnimmt, dessen Wipfel noch näher an dem Himmel hinzuziehen schienen. Auf dem Kornfelde hatten sie die Knechte des Abdias hinauf gehen gesehen, die eben über dasselbe Kornfeld nach Hause kehrten, weil sie ein Gewitter fürchteten. Sie kümmerten sich aber nicht weiter um sie. Nur einer, da er ein wenig später den Vater sah, der Ditha zu suchen schien, sagte, wenn er seine Tochter suche, sie sei oben auf dem Bühel. Wirklich hatte sie Abdias gesucht; denn die zarte Wolkenwand war dichter geworden und schob sich über den Himmel empor, obgleich an dem größeren Teile desselben noch das reine Blau herrschte und die Sonne noch heißer nieder schien als früher. Er stieg also, da er von dem Knechte die Nachricht erhalten hatte, über dasselbe Kornfeld, das wir erwähnten, empor, sah Ditha am Rande des Flachses stehen, und ging ganz zu ihr hinzu. Das Feld war über und über in blauer Blüte, und auf den kleinen zitternden Blättchen, über die kein Lüftchen ging, war eine große Anzahl von Tierchen.

»Was tust du denn hier, Ditha?« fragte Abdias.

»Ich schaue meinen Flachs an,« antwortete das Mädchen, »siehe, gestern war keine einzige Blume offen, und heute sind sie alle da. Ich glaube, die Stille und die Wärme haben sie hervorgetrieben.«

»Siehst du nicht die Wolken am Himmel,« sagte Abdias, »sie kommen herauf, und wir müssen nach Hause gehen, sonst wirst du naß und krank.«

»Ich sehe die Wolken,« antwortete Ditha, »aber sie kommen noch nicht so bald, wir können schon noch hinunter gehen. Wenn sie aber auch eher kommen, als sie versprechen, so werde ich doch nicht naß, denn ich will in ein solches Haus, wie sie hier aus Garben gemacht haben, hinein gehen, will dort nieder sitzen und zusehen, wie die silbernen Regenkugeln in die Halme niederschießen, davon von jedem nur ein abgemähtes Stückchen empor steht. Bei mir drinnen aber wird es warm und trocken sein.«

Abdias schaute gegen den Abendhimmel, wund in der Tat schien die Vermutung des Kindes wahr zu werden, daß die Wolken eher kommen würden, als sie versprachen; denn die gleiche und schwachfarbige Wand, die noch vor kurzem an dem Abendhimmel stand, hatte sich gelöset und in Ballen gesondert, die mit weißen Rändern überhingen und alle Augenblicke die Farbe änderten. Gegen unten, am Gesichtskreise hin, war rötliches Grau.

Abdias erkannte, daß sie vor dem Regen kaum mehr das Haus erreichen würden, und daß vielleicht der Rat Dithas der beste wäre. Da er aber der Leichtigkeit des Garbenhauses nicht traute, wenn etwa ein Wind käme, so fing er an, mit eigenen Händen noch mehr Garben herbei zu tragen. Als Ditha seine Absicht begriff, half sie ihm, bis ein solcher Vorrat beisammen war, daß er die Wetterseite mit einer dichten Garbenmauer besetzen und dem Ganzen eine solche Festigkeit geben konnte, daß es nicht leicht vom Winde zu zerreißen war. Gegen Morgen ließ er die Öffnung frei, daß sie auf das Spiel des Regens hinaussehen und eine Übersicht auf den Abzug des Gewitters haben könnten. Das Obdach wurde endlich fertig, aber es rührte sich noch immer kein Lüftchen, und es fiel kein Tropfen. Die gelben Stoppeln lagen vor ihnen, die zarten, von dem Schirme der weggenommenen Halme entblößten Gräschen regten sich nicht, und über dem blauen Felde des Flachses hoch in der Luft sang eine Lerche, von dem fernen, tiefen Donner zuweilen unterbrochen.

Ditha hatte ihre Gewitterfreudigkeit, sie wendete sich gegen Abend und sagte: »Wie es so herrlich ist, wie es so unsäglich herrlich ist. Weil du nun auch da bist, o Vater, so ist es mir noch lieber.«

Sie standen vor ihrer aus Garben aufgebauten Behausung, schauten die Wolken an, und waren in jedem Augenblicke bereit, wenn der Regen beginne, sich in die Hütte hinein zu setzen. In den oberen Teilen des Himmels mußte schon der Wind herrschen; denn die grauen Schleier, welche dem Gewitter vorher zu gehen pflegen, liefen sichtlich dahin, sie hatten schon die Sonne überholt, standen bereits über den Häuptern der Zuschauenden und eilten gegen Morgen.

Abdias hatte im Innern des gebauten Obdaches mehrere Garben zu einem Sitze zurecht gelegt und setzte sich hinein. Ditha, mit der den Kindern eigentümlichen Liebe zur Heimlichkeit, setzte sich in dem kleinen gelben Häuschen zu ihm. Der vor ihnen gegen Morgen offen gelassene Raum nützte gerade so viel, daß sie zu ihren Füßen ein Teilchen Stoppelfeld sahen, dann ein Stückchen Flachs, und oben die grauen, luftigen Schleier, die am Himmel hinzogen, auch konnten sie die Lerche hören, die oberhalb des Flachses sang. Die Donner waren noch immer ferne, obgleich die Wolken schon den ganzen Himmel angefüllt hatten und nicht nur über ihre Häupter, sondern auch schon weit gegen Morgen hinaus gegangen waren.

In diesem Verstecke saßen sie und sprachen mit einander. »Glaubst du nicht auch,« sagte Ditha, »daß die Wolken gar nicht dicht sind, und daß sie gewiß nicht große und gar schwere Tropfen werden fallen lassen? Es wäre mir leid, wenn sie die feinen, schönen Linnenblüten herabschlügen, die heute erst aufgebrochen sind.«

»Ich denke, daß sogar schwere Tropfen die blauen Blätter nicht ab-zuschlagen vermögen, weil sie erst heute aufgeblüht sind und noch strenge haften«, sagte Abdias.

»Ich liebe die Flachspflanzen sehr,« fing nach einer Weile Schweigens Ditha wieder an, »es hat mir Sara auf mein Befragen vor langer Zeit, da noch das traurige schwarze Tuch in meinem Haupte war, vieles von dem Flachse erzählt, aber ich habe es damals nicht verstanden. Jetzt aber verstehe ich es und habe es selbst beobachtet. Sie ist ein Freund des Menschen, diese Pflanze, hat Sara gesagt, sie hat den Menschen lieb. Ich weiß es jetzt, daß es so ist. Zuerst hat sie die schöne Blüte auf dem grünen Säulchen, dann, wenn sie tot ist und durch die Luft und das Wasser zubereitet wird, gibt sie uns die weichen silbergrauen Fasern, aus denen die Menschen das Gewebe machen, welches, wie schon Sara sagte, ihre eigentlichste Wohnung ist, von der Wiege bis zum Grabe. Siehst du, das ist auch wahr; – wie sie nur so wunderbar, diese Pflanze, zu dem weißen, lichten Schnee zu bleichen ist dann legt man die Kinder, wenn sie recht klein sind, wie ich war, hinein und hüllt die Glieder zu – ihrer Tochter hat Sara viel Linnen mit gegeben, da sie fort zog, um den fremden Mann zu heiraten, der sie wollte; sie war eine Braut, und je größere Berge dieses Schnees man einer Braut mitgeben kann, desto reicher ist sie – unsere Knechte tragen die weißen Linnenärmel auf den bloßen Armen und wenn wir tot sind, hüllen sie die weißen Tücher um uns, weißt du.« –

Sie schwieg plötzlich. Ihm war es, als hätte er seitwärts an der Garbe einen sanften Schein lodern gesehen. Er dachte, sie habe wieder ihren Schimmer; denn er hatte schon früher alle Spitzen von Bändchen und Haaren an ihr aufwärts stehen gesehen. – Aber sie hatte ihren Schimmer nicht gehabt. Da er hinblickte, war schon alles vorüber. Es war auf den Schein ein kurzes heiseres Krachen gefolgt, und Ditha lehnte gegen eine Garbe zurück, und war tot.

Kein Tropfen Regen fiel, nur die dünnen Wolken rieselten, wie schnell gezogene Schleier, über den Himmel.

Der Greis gab nicht einen Laut von sich, sondern er starrte das Wesen vor sich an, und glaubte es nicht, daß dies Ding seine Tochter sei. Ihre Augen waren geschlossen, und der redende Mund stand stille.

Er schüttelte sie und redete ihr zu – – aber sie sank aus seiner Hand und war tot.

Er selber hatte nicht die geringste Erschütterung empfunden. Draußen war es, als sei auch noch kein Gewitter an die Stelle gekommen. Die folgenden Donner waren wieder ferne, es ging kein Lüftchen, und zeitweise sang noch die Lerche.

Dann stand der Mann auf, lud das tote Mädchen mechanisch auf seine Schulter und trug sie nach Hause.

Zwei Hirten, die ihm begegneten, entsetzten sich, wie sie ihn so im Winde, der mittlerweile aufgestanden war, schreiten sahen, und wie das Haupt und der Arm des Kindes rückwärts seiner Schulter herab hing.

Das neue Wunder und Strafgericht, wie sie es nannten, flog sogleich durch das Land. Am dritten Tage nach dem Unglücke kamen Brüder seines Volkes und legten die Lilie in die Erde.

Das Gewitter, welches dem Kinde mit seiner weichen Flamme das Leben von dem Haupte geküßt hatte, schüttete an dem Tage noch auf alle Wesen reichlichen Segen herab, und hatte, wie jenes, das ihr das Augenlicht gegeben, mit einem schönen Regenbogen im weiten Morgen geschlossen.

Abdias saß nach diesem Ereignisse auf dem Bänkchen vor seinem Hause, und sagte nichts, sondern er schaute die Sonne an. Er saß viele Jahre, die Knechte besorgten auf Anordnung des Handelsfreundes, von dem wir öfter geredet hatten, die Felder – aus Dithas Gliedern sproßten Blumen und Gras – eine Sonne nach der andern verging, ein Sommer nach dem andern – und er wußte nicht, wie lange er gesessen war, denn nach glaublichen Aussagen war er wahnsinnig gewesen.

Auf einmal erwachte er wieder und wollte jetzt nach Afrika reisen, um Melek ein Messer in das Herz zu stoßen; aber er konnte nicht mehr; denn seine Diener mußten ihn am Morgen aus dem Hause bringen, und mittags und abends wieder hinein.

Dreißig Jahre nach dem Tode Dithas lebte Abdias noch. Wie lange nachher, weiß man nicht. In hohem Alter hatte er die schwarze Farbe verloren, und war wieder gebleicht worden, wie er in seiner Jugend gewesen war. Viele Menschen haben ihn auf der Bank seines Hauses sitzen gesehen.

Eines Tages saß er nicht mehr dort, die Sonne schien auf den leeren Platz und auf seinen frischen Grabhügel, aus dem bereits Spitzen von Gräsern hervor sahen.

Wie alt er geworden war, wußte man nicht. Manche sagten, es seien weit über hundert Jahre gewesen.

Das öde Tal ist seit der Zeit ein fruchtbares, das weiße Haus steht noch, ja es ist nach der Zeit noch verschönert und vergrößert worden, und das Ganze ist das Eigentum der Söhne des Handelsfreundes des Abdias. So endete das Leben und die Laufbahn des Juden Abdias.

# Biographie

1805    23. *Oktober:* Adalbert Stifter wird in Oberplan in Böhmen als
        Sohn des Webers und Flachshändlers Johann Stifter und seiner
        Frau Magdalena, geb. Friepes, geboren.

1817    *November:* Bei einem Unfall kommt der Vater ums Leben.

1818    Eintritt Stifters ins Gymnasium des Benediktinerstifts Krems-
        münster (bis 1826).
        Erste literarische Versuche.

1826    Stifter schreibt sich an der Universtität Wien zum Jurastudium
        ein. Nebenbei studiert er Naturwissenschaften und Geschichte.

1827    Beginn der Liebe zu Fanny Greipl, um die er leidenschaftlich
        wirbt, bis er zuletzt abgewiesen wird.

1830    Stifters erste Erzählung »Julius« entsteht um das Jahr 1830
        herum, die genaue Datierung ist umstritten (erstmals veröffent-
        licht 1930).
        Stifter bricht das Studium ab. Arbeit als Hauslehrer. Lektüre
        Jean Pauls, dessen Literatur einen großen Einfluß auf Stifters
        Werke hat.

1832    Liaison mit der ungarischen Putzmacherin Amalia Mohaupt.

1837    *November:* Heirat mit Amalia.

1840    Zum ersten Mal erscheint eine Erzählung Stifters, »Der Con-
        dor«, in der Wiener »Zeitschrift für Kunst, Literatur, Theater
        und Mode«, im gleichen Jahr folgt dort »Das Haidedorf«.
        In »Iris. Taschenbuch für das Jahr 1841« wird die Erzählung
        »Feldblumen« gedruckt.

1841    In der Wiener »Zeitschrift für Kunst, Literatur, Theater und
        Mode« veröffentlicht Stifter seine Erzählung »Die Mappe
        meines Urgroßvaters« (überarbeitete Fassung 1847 in den
        »Studien«; nachgelassene Fassung 1870).
        In »Iris. Taschenbuch für das Jahr 1842« wird Stifters Erzäh-
        lung »Der Hochwald« gedruckt.

1842    Bekanntschaft mit dem Verleger Gustav Heckenast in Pesth,
        dem Herausgeber des Almanachs »Iris«. »Die Narrenburg«
        kommt in »Iris. Taschenbuch für das Jahr 1843« heraus.
        Im »Österreichischen Novellen Almanach« wird Stifters »Ab-
        dias« veröffentlicht.

1843    Hauslehrer des Sohns von Staatskanzler Fürst Metternich.
        Erstdruck von »Wirkungen eines weißen Mantels« in der
        Wiener »Zeitschrift für Kunst, Literatur, Theater und Mode«
        (in der Buchfassung von »Bunte Steine« unter dem Titel
        »Bergmilch«).
        »Brigitta« erscheint in »Gedenke mein! Taschenbuch für das
        Jahr 1844«.

Die Erzählung »Das alte Siegel« wird im »Österreichischen Novellen Almanach« gedruckt.

**1844**  »Wien und die Wiener in Bildern aus dem Leben« (Skizzen). »Der Hagestolz« erscheint in »Iris. Taschenbuch für das Jahr 1845«.

Die »Studien« beginnen zu erscheinen, die bis 1850 publizierten sechs Bände enthalten Erzählungen, die vorher zumeist bereits in Zeitschriften veröffentlicht worden waren.

**1845**  Im »Oberösterreichischen Jahrbuch für Literatur und Landeskunde« wird die Erzählung »Der Waldsteig« gedruckt.

»Die Schwestern« erscheint in »Iris. Taschenbuch für das Jahr 1846«. Stifter publiziert die Erzählung »Der beschriebene Tännling« im »Rheinischen Taschenbuch auf das Jahr 1846«. Erstdruck von »Der heilige Abend« in der Wiener Zeitschrift »Die Gegenwart« (in dem Erzählband »Bunte Steine« von 1853 unter dem Titel »Bergkrystal«).

**1846**  In »Iris. Taschenbuch für das Jahr 1847« erscheint Stifters Erzählung »Der Waldgänger«.

**1847**  Aufnahme einer Nichte Amalias, der sechsjährigen Juliana, als Pflegetochter.

»Der arme Wohltäter« erscheint in »Austria. Österreichischer Universal-Kalender für das Schaltjahr 1848« (später unter dem Titel »Kalkstein« in den »Bunten Steinen«).

In »Iris. Taschenbuch für das Jahr 1848« wird die Erzählung »Prokopus« gedruckt.

**1848**  *Mai:* Stifter zieht nach Linz um. Die Erzählung »Pechbrenner« wird in »Vergißmeinnicht. Taschenbuch für 1849« veröffentlicht (in »Bunte Steine« unter dem Titel »Granit«).

**1849**  Stifter wird Redakteur der »Linzer Zeitung«, zeitweise auch des »Wiener Boten«.

Eine Reihe von Schriften Stifters über Fragen der Pädagogik und des Schulwesens werden veröffentlicht.

**1850**  *Juni:* Stifter wird Volksschulinspektor Oberösterreichs. Er gründet in Linz eine Realschule.

**1851**  Stifter wird Mitglied im Oberösterreichischen Kunstverein (bis 1862).

»Der Pförtner im Herrenhause« erscheint in »Libussa. Jahrbuch für 1852« (in »Bunte Steine« unter dem Titel »Turmalin«).

**1853**  Beginn der ehrenamtlichen Tätigkeit Stifters als Konservator für die k. k. Denkmalschutzkommission.

Der zunächst als Kinderbuch geplante Erzählband »Bunte Steine« erscheint in zwei Bänden mit Werken, die außer der Erzählung »Katzensilber« bereits in Zeitschriften abgedruckt waren.

**1854**  Stifter erhält den Franz-Joseph-Orden.

| 1855 | Kuraufenthalt im Bayerischen Wald. |
|------|------|
| 1857 | Stifters Hauptwerk, der nach dem Vorbild von Goethes »Wilhelm Meister« verfaßte Bildungsroman »Der Nachsommer« (3 Bände), an dem er seit 1853 gearbeitet hatte, erscheint. Reisen nach Klagenfurt und Triest. |
| 1858 | *Februar:* Tod der Mutter. |
| 1859 | Juliana, die Ziehtochter Stifters, wählt den Freitod. |
| 1860 | Reise nach München. |
| 1863 | *Herbst:* Unheilbare Erkrankung (wahrscheinlich an Leberkrebs). |
| 1864 | Krankenurlaub Stifters. |
| | *Sommer:* Erholungsurlaub im Rosenbergergut. |
| | »Nachkommenschaften« erscheint in »Der Heimgarten. Haus- und Familienblatt«. |
| 1865 | Kuraufenthalt in Karlsbad. Sommerurlaub im Rosenbergergut. |
| | *November:* Stifter erhält den Titel eines Hofrats und wird vorzeitig pensioniert. |
| | *Winter:* Aufenthalt in Kirchschlag. |
| | Der historische Roman »Witiko« (3 Bände, 1865–67) beginnt zu erscheinen. |
| 1866 | Kuraufenthalt in Karlsbad. |
| | Im »Düsseldorfer Künstleralbum« erscheint Stifters Erzählung »Der Waldbrunnen«. |
| | Die »Gartenlaube für Oesterreich« druckt Stifters »Der Kuß von Sentze«. |
| 1867 | Stifter erhält von Großherzog Carl Alexander von Sachsen-Weimar-Eisenach das Ritterkreuz. |
| | Kurreise nach Karlsbad. |
| 1868 | *28. Januar:* Stifter stirbt in Linz, nachdem er sich zwei Tage zuvor, von unerträglichen Schmerzen gequält, die Halsschlagader aufgeschnitten hatte. |

Printed in Great Britain
by Amazon.co.uk, Ltd.,
Marston Gate.